Lees ook de eerste drie delen in deze serie:

 Dat heb ik weer: een hysterische moeder, ruzie met iedereen en vriendje afgepikt
ISBN 978 90 499 2308 2

 Dat heb ik weer: het geheim van Puck, troubles met mijn vader en desperate verliefd op de verkeerde!
ISBN 978 90 499 2356 3

 Dat heb ik weer: crazy ouders, mega misverstanden en een valse gossip queen
ISBN 978 90 499 2387 7

CARRY SLEE

Een chille clip,
vet irri ouders
en Puck is in love

Surf naar **www.dathebikweer.com**
voor nog veel meer testjes
en leuke weetjes!

www.carryslee.nl
www.dathebikweer.com

Tekst © 2011 Carry Slee
Testjes Fiona Rempt
Illustraties binnenwerk © 2011 Kristel Steenbergen
© 2011 Carry Slee en FMB uitgevers, Amsterdam
Omslagbeeld iStockphoto.com
Omslagontwerp twelph.com
Foto Marius Gottlieb © Abel Minnee
Opmaak binnenwerk CeevanWee, Amsterdam

ISBN 978 90 499 2459 1
NUR 283

Carry Slee is een imprint van FMB uitgevers bv

Dat heb ik weer!

'Smoezen in gezelschap mag niet,'
zei ik gisteravond tegen Blok
Geitensok. De laatste tijd zit hij
steeds met mijn moeder te smoezen.
Vet irri. Weet je wat die eikel zei? 'Jij
hoort hier ook niet in de kamer te
zijn. Je hebt morgen een wiskundeproefwerk.'
En mijn moeder zei niks! Ze laat zich helemaal inpakken door
die loser!!!! Ze had me
beloofd dat ze het heel
rustig aan zou doen. Deze
week slaapt hij al voor de
tweede nacht bij ons. ☹ Zo
meeten woont hij hier...
Blèèèh!

Geplaatst door: Britt | Reacties (2)

Ik zit op de rand van mijn bed en ik ben pisnijdig. Het
is al erg genoeg dat mam verkering heeft met de
grootste loserleraar van de school, maar nou gaat hij
zich nog met mij bemoeien ook. Dit ga ik echt wel tegen mijn vader zeggen als hij belt. Misschien moet pap
hem eens een vette mail sturen om te zeggen dat ik al
een vader heb. En dat hij zich niet met mij moet bemoeien. 'Zo erg doet hij niet,' zegt mam. 'Jij kunt ook
niets van Gerard hebben.' Hoezo kan ik niets hebben?

Hij speelt de baas over me. Hij heeft helemaal niks over mij te vertellen. Niks. In het begin hield hij zich nog in, maar de laatste tijd gebeurt het steeds vaker dat hij zich met me bemoeit.

Ik hoor hem in de keuken rommelen. Hij is zeker weer zijn eigen samengestelde muesli aan het bereiden. Ook zoiets. Mam vindt het verrukkelijk. Echt geen smaak dus.

Hé, er komt een berichtje binnen.

Reactie van Kelly
Hi Britt, lekker op je kamer blijven tot je naar school moet. Tegen volwassenen valt toch niet te praten. En al helemaal niet tegen die Geitensok van jou. Eens een loser, altijd een loser, moet je maar denken. Er is zo een herhaling van onze favo soap. Ik heb ook het eerste uur vrij, kunnen we alle twee kijken.
x Kelly

Wow! Dat was ik helemaal vergeten. Ik ga lekker kijken op mijn laptop.

Reactie van Fons
Als die loser toch bij jullie is, kijk even in zijn tas. Misschien vind je de proefwerkvragen. Nooit weg natuurlijk als je een voldoende scoort. ☺ Dan heb je er nog eens iets voor terug dat je moeder met zo'n wiskunde-eikel gaat.
Suc6! Fons

1

Super slim van Fons. Geitensok gaat vast direct van ons huis naar school. Stel je voor dat ik de opgaven te pakken krijg. Maar dan geef ik ze niet meer aan iedereen door. Alleen aan mijn eigen clubje. Want anders gebeurt er hetzelfde als vorige keer toen Max in Bloks account had ingebroken. Logisch dat het uitkwam, iedereen had opeens een hoog cijfer. Al heb ik maar een zes, dat is altijd beter dan de drie die ik normaal heb. Ik snap helemaal niks van wiskunde, net als pap, die haalde ook altijd een onvoldoende. Ik sluip naar beneden. Halverwege de trap blijf ik staan. In de keuken hoor ik de stemmen van mam en Geitensok. Ik schiet naar de overloop en glip mams slaapkamer in. Op het bed ligt Bloks tas. Hij staat open. Ik kijk erin en zie een verrekijker en een boek over vogels. Maar er zit nog meer in.

Ik schrik van voetstappen achter me.

'O, je pikt!' roept Lucas.

'Ssst...' fluister ik.

'Pik je geld?' vraagt Lucas.

'Nee, de opgaven voor ons proefwerk.'

Lucas grinnikt.

'Wil jij even de wacht houden?' fluister ik.

'Nee.' Lucas wil doorlopen, maar dan draait hij zich om. 'Goed dan, ik doe het wel.'

'Lief van je.' Zo kan ik tenminste even rustig kijken. Ik zie nog een boek in de tas. Het is niet zo zwaar, zou het zijn aantekeningenboekje zijn? Ik tril helemaal van opwinding. Ik heb het boek net in mijn hand als Lucas zijn hoofd om de deur steekt. 'Hij komt eraan!' sist hij. Ik schrik me dood en stop het boek gauw terug.

'Haha, grapje,' zegt Lucas plagend als ik met een rood hoofd op de overloop sta. Hij rent lachend de trap af.

Stom joch. Ik ga terug en pak het boek uit de tas. Shit! Nog een boek over vogels. Verder zit er niks in de tas. Ik baal als ik naar beneden ga.

'Voordat ik straks naar school ga, rij ik nog even langs huis,' hoor ik Geitensok zeggen. 'Ik heb mijn schoolspullen niet bij me.'

Ik loop de keuken in. 'Ik hoef geen muesli,' zeg ik als ik de gedekte tafel zie.

'Probeer het nou eens,' zegt mam. 'Het is zo lekker.'

'En gezond,' zegt Blok. Hij zet een grote kom muesli voor mam op tafel en kijkt me aan. 'Weet je het zeker? Na een goed ontbijt presteer je beter.'

Hij heeft het zeker weer over dat rotproefwerk. In plaats van een drie scoor ik dan misschien een vier. Maar dan ben ik wel kotsmisselijk, met al die muesli in mijn maag.

'Ik neem wel een boterham.' Ik smeer een boterham voor mezelf en loop naar boven.

'Waar ga je heen?' roept mam. 'We ontbijten gezellig met elkaar aan tafel.'

Wat krijgen we nou ineens? Ik draai me verbaasd om.

'Samen ontbijten is belangrijk,' zegt Geitensok.

'Ik ga mijn favo soap kijken,' zeg ik.

Mam staat onder aan de trap. 'Nee, Britt, vandaag ontbijten we gezellig aan tafel.'

'Dat je ons nou alleen laat zitten, maar je broertje is er ook nog,' hoor ik Blok zeggen.

'Mam, ik kijk zo vaak naar mijn favo soap als ik het eerste uur vrij heb!' roep ik kwaad. 'Je hebt er nog nooit iets van gezegd. Je lijkt wel een papegaai, je praat hem na. Ik vind er hier niks meer aan. Gadver! Ik ga naar boven.'

'Ik spreek je hier nog wel over.' Mam durft niet eens ruzie te maken met die mafkees erbij. Wat schijnheilig. Dat mijn moeder zo erg zou worden had ik nooit gedacht.

Ik dender de trap op mijn kamer in, gooi de deur met een klap dicht en plof op mijn bed neer. Ik heb niet eens meer trek. Dit kan zo echt niet langer. Als pap dit wist zou hij woest worden. Het is toch ook te belachelijk voor woorden. Het lijkt wel of ik twee nieuwe ouders heb gekregen. Mam is totaal veranderd. Het was Puck ook al opgevallen. Sinds mam met Blok gaat, kleedt ze zich ook veel tuttiger. Laatst kwam ze met een heel suffe jas thuis. Ik kon het niet geloven toen ik haar zag. Vroeger droeg ze veel hippere kleren. De laatste tijd schaam ik me voor mijn moeder als ze naast me loopt.

Ik prop mijn boterham naar binnen en bekijk mijn weblog.

Help, heb je die misselijke gast weer. Hoepel eens een keer op, eikel!

Ik wil net naar mijn soap kijken als Lucas mijn kamer in komt.

'Ik ga vanmiddag met pap skypen,' zegt Lucas met chocola om zijn mond.

'Hoe kom je aan chocola?' vraag ik.

'Ik heb geen chocola,' zegt Lucas doodleuk.

'Je hele mond zit onder. Kijk maar in de spiegel.'

'Op de keukenkast staat een doosje bonbons,' zegt Lucas dan.

'Dat heeft mam van Geitensok gekregen. Heb je het opengemaakt?'

'Er waren er al een paar uit,' zegt Lucas.

'Dan wil ik er ook een. Heb ik tenminste nog een beetje lol van die loser.'

Ik sluip de trap af. De kamerdeur staat op een kier. Ik hoor mam en Geitensok zachtjes praten. Weer dat gesmoes. Nou wil ik weleens weten waar het over gaat.

Ik blijf achter de deur staan luisteren.

'Het zal nog wennen zijn,' hoor ik mam zeggen. 'Je staat al je halve leven voor de klas. En dan nu ineens een heel andere baan.'

Wat? Gaat Geitensok van school?

'Je vindt het moeilijk, hè?' zegt Geitensok.

'Ik vind het zo ver weg,' zegt mam. 'Hebben ze geen filiaal in de buurt?'

Blok grinnikt. 'Het is een laboratorium, geen supermarktketen. Maastricht is de enige plek in Nederland waar ze dit onderzoek doen.'

Gaat Blok naar Maastricht? Ik ren de trap op naar boven. Ik ben vergeten een bonbon te pikken, maar ik
hoef al helemaal geen bonbon meer. Dit is fantastisch
nieuws! Daar kan geen chocola tegenop. Blok gaat in
Maastricht werken. Ik sta in mijn kamer, ik kan mijn
geluk niet op. Zou ik dan toch nog mijn thuis terug-
krijgen? Ik kan wel janken. Ik begin te janken. Tranen
van blijdschap stromen over mijn wangen. Ik ben zo
opgelucht. Nu pas voel ik hoe erg het me heeft verstikt.
Ik moet ineens lachen. Geweldig. Ik kan het nog niet
bevatten, het idee dat ik voorgoed van Blok Geitensok
af ben! Ik niet alleen, wij allemaal, de hele school. Dit
is wereldnieuws.

Ik fiets naar school. Het liefst zou ik willen roepen:
'Geitensok vertrekt naar Maastricht! Ik ben van hem
af!' Iedereen zal wel denken dat ik gek ben geworden.
Ik kan niet meer ophouden met grijnzen.
Ik ben zo benieuwd hoe Noah en Puck reageren. Ik
wilde ze meteen bellen, maar heb dat toch maar niet
gedaan. Ik wil hun gezicht zien als ik het vertel. Wat
zullen ze blij zijn, voor mij natuurlijk, maar ook voor
henzelf. We zijn van hem af! De hele school zal feest-
vieren. Iedereen gaat uit zijn dak. Ik zag mezelf al de
komende jaren met Geitensok in één huis. Want het
ging wel die kant uit. Ik heb weleens stiekem op Funda
gekeken, die huizensite, om te zien of zijn huis al te
koop stond. Zo bang was ik ervoor. Zo raar was het
nou ook weer niet. Sara's stiefvader is ook bij hen in-
getrokken. Stel je voor dat Geitensok bij ons introk.

Horror! Als ik 's nachts wakker werd dacht ik er weleens aan en dan kon ik van ellende niet meer slapen.
Daar hoef ik nu niet bang meer voor te zijn. Hij gaat
weg!

Ik zwaai naar Puck en Noah, die bij het viaduct staan te
wachten.

'Hè, nee!' roept Puck als ze me ziet. 'Niet te happy,
Britt! Wij hebben toevallig een mega ochtenddip.'

'Jullie dip is meteen over als jullie dit nieuws horen.'

'Nou, dan mag het wel heel wat zijn.' Noah springt op
haar fiets.

Ik vertel het meteen als we verder fietsen. 'Mijn moeder zat de laatste tijd toch zo te smoezen met Geitensok?'

'Ja,' zegt Noah. 'Lijkt mij ook vet irritant. Dan vraag je
je toch af wat er aan de hand is?'

'Ik weet nu waar het over ging,' zeg ik. 'En ik snap nu
ook waarom mijn moeder de laatste tijd zo stil was.
Geitensok gaat weg. Hij heeft een andere baan.'

'Wát?'

Puck wordt bijna geschept door een taxi.

De chauffeur draait zijn raampje open. 'Niet met z'n
drieën naast elkaar fietsen, meiden.'

'Nee, meneer,' zegt Puck. Maar ze blijft gewoon naast
mij en Noah fietsen. Ze wil natuurlijk geen woord
missen.

'Hij gaat in een laboratorium werken in Maastricht en
dan is het uit!' ga ik verder. 'Want dat trekt mam niet,
een man zo ver weg. Ik ben van hem af! We zijn allemaal van hem af!' We stoppen voor het verkeerslicht.

14

Puck slaat een arm om me heen en Noah geeft me een zoen. 'De hele klas zal wel blij zijn.'

'Nou, Britt, je hebt wel een primeur,' zegt Puck als we weer verder fietsen.

'Ho, wacht, ik ga niet zeggen dat ik het heb gehoord hoor,' zeg ik. 'Ik wil niet dat ze weten dat die eikel de vriend van mijn moeder is. Wás. Ik heb het tot nog toe geheim weten te houden. Ik schaam me er dood voor.'

'Je hoeft toch niet te zeggen dat je het vanochtend hebt gehoord toen hij bij je thuis was?' zegt Puck. 'Verzin gewoon wat.'

Ik aarzel. Het is wel super nieuws, maar ik ken mezelf, ik verspreek me zo. 'Jij mag het vertellen, Puck.'

'Jullie moeten ons feliciteren!' roept Puck als we het schoolplein op rijden. Ze rijdt Nick en Max klem.

'Hoezo?' vraagt Nick.

'Zien jullie niets aan ons?' zegt Puck. 'Kijk dan, we zijn verlost.'

'Jullie ook,' lacht Noah. 'Alleen weten jullie het nog niet. Iedereen is verlost, de hele klas. De hele school.'

'Pardon, het hele universum zul je bedoelen,' zegt Puck. 'Behalve de inwoners van Maastricht.'

'Ja,' zeg ik lachend. 'Maastricht rouwt. Daar gaan de vlaggen halfstok.'

'Wat is dit nou weer voor mafs?' lacht Max. 'Opzij, dames, ik wil erdoor.'

'Een moment,' zegt Puck. 'Eerst moeten jullie je felicitatie in ontvangst nemen.' Ze geeft Nick een zoen, en daarna Max.

'Ja, allemaal leuk en aardig,' zegt Nick, 'maar wat is er nou zo great?'

'Iets met de band?' vraagt Max.

'Nee,' zegt Puck. 'Het gaat ons allemaal aan. Dit is een gedenkwaardige dag.'

'Reuzegedenkwaardig,' lacht Nick. 'Ik ga zo een één halen voor mijn wiskundeproefwerk.'

'Je bent warm!' Puck steekt haar armen in de lucht.

'Dames en heren, de grote verlossing is nabij.'

De rest van de klas komt er nu ook bij staan.

'Het heeft dus iets met wiskunde te maken,' raadt Nick.

'Warm!' roept Noah.

'Iets met onze geliefde Geitensok?'

'Heet, heet! Ga door!' roep ik.

'Het gaat dus over Geitensok,' zegt Max.

Puck knikt. 'De grote uittocht gaat beginnen,' zegt ze. 'Geitensok heeft een andere baan.'

Er gaat een gejoel op.

'Ben ik wel wakker?' vraagt Max. 'Knijp even in mijn arm.'

'Hij gaat in een laboratorium werken,' zegt Puck.

'Ik hou van grapjes,' zegt Max. 'Maar hier mogen geen geintjes over worden gemaakt.'

'Het is echt zo,' zegt Puck serieus.

'Hoe weet je dat?'

'Uit zeer betrouwbare bron,' zegt Puck. 'Eigenlijk via een vriendin van mijn moeder, die hem kent. Hij heeft in Maastricht gesolliciteerd en hij is aangenomen.'

'Eindelijk!' roept Max. 'Onze gebeden zijn verhoord.'

16

'Als het waar is,' zegt Nick.

Puck knikt. 'Ik weet het zeker.'

'Ik geloof je wel,' zegt Nick. 'Hij zal best zijn aangenomen. Maar doet hij het ook echt? Heeft hij hier zijn baan al opgezegd? Misschien bedenkt hij zich nog. Dat kan, hoor.'

Nee hè! Op slag stort mijn wereld in. Daar had ik nog niet aan gedacht. Pas als Blok echt zijn ontslag heeft ingediend, weten we het zeker. Tot die tijd kan hij zich nog bedenken.

2

Ik zit met mijn proefwerkblaadje voor me, maar ik kan me niet op de opgaven concentreren. Ik kijk steeds naar Blok Geitensok, die zogenaamd achter zijn tafel zit te corrigeren. Vergeet het maar. Hij houdt iedereen in de gaten. Ik heb zo'n hekel aan hem, de nieuwe vriend van mijn moeder. Hoe vaak heb ik niet stilletjes op mijn kamer gehuild. Het was al verdrietig genoeg dat pap en mam gingen scheiden. En toen ging pap met Yahima, zijn vriendin, in Japan wonen. Wat vond ik dat erg! Helemaal omdat Yahima zwanger is. Maar het ergst van alles vond ik dat mam zo nodig verliefd moest worden op die Geitensok. Hij probeert steeds vaker de plek van pap in te nemen. Het is dat ik hartstikke veel steun krijg van mijn lover Dave, mijn vriendinnen en alle fans op mijn weblog, anders was ik al lang crazy geworden. En nu gaat Blok misschien weg. Naar Maastricht. Gelukkig is het veel te ver om heen en weer te reizen. Hij zal daar echt moeten gaan wonen. En dan is het uit. Mam heeft het zo vaak gezegd: 'Een langeafstandsrelatie is niks voor mij.' Als hij nu ook maar echt gaat. Ik weet niet wat ik doe als ik hoor dat hij zijn ontslag heeft ingediend. Ik geef een megafeest. Ik trakteer iedereen.

Ik schrik op van Bloks stem. 'Als ik jou was zou ik maar eens beginnen, jongedame.'

De loser. Hij loopt langs de rijen. Ik krijg een één, wedden? So what. Als ik van Blok af ben, maakt het me allemaal niks uit. Misschien gaat het wel veel beter met wiskunde als ik een andere leraar heb. Ik ben allergisch voor Blok, dat is het. Ik grinnik in mezelf. Dokter, ik ben allergisch voor mijn wiskundeleraar. Hebt u daar iets voor? Ophouden nu met die onzin. Ik kijk om me heen. Iedereen is hard aan het werk. Ik probeer me op de vraagstukken te concentreren. Vraag vijf is de enige die ik zo'n beetje snap. Nou ja, elk punt is er een, moet ik maar denken.

Puck schuift haar blaadje naar rechts, zodat ik de sommen van haar kan overschrijven. Tof van Puck. Ze heeft van de week het hoofdstuk nog aan me proberen uit te leggen, maar ik snapte er geen bal van. Op het laatst gaf ze het maar op. Puck heeft haar blaadje nog niet verschoven of Blok geeft een brul. 'Mevrouw De Leeuw. Gaat u maar voorin zitten. Het is de bedoeling dat Britt haar proefwerk zelf maakt.'

Dat is iets nieuws van hem, dat hij ons opeens mevrouw en meneer noemt. Dat vind ik helemaal erg. Zo afstandelijk.

Als iedereen zijn werk heeft ingeleverd, kijken we vol verwachting naar Max. We hebben afgesproken dat hij het aan Blok zou vragen of het waar is dat hij weggaat. Max steekt zijn vinger op.

'Zeg het eens, jongeman,' zegt Blok.

'Meneer, wij hoorden vanochtend dat u na de zomer van deze school gaat. Is dat zo?'

'Zorg jij nou maar dat je zelf over een paar jaar van deze school komt,' antwoordt Blok. 'Met diploma!' En zonder verder nog iets te zeggen stopt hij de proefwerken in zijn tas.

'Die Blok liet helemaal niks merken,' zegt Nick als we in de aula zijn. 'Echt een pokerface.'

'Hij schrok niet eens,' zegt Puck.

'Toch moeten we erachter zien te komen of het waar is. Maar hoe?' zegt Max.

'Van de leraren,' zegt Nick. 'Die weten heus wel of hij weggaat. Als hij echt weggaat, heeft hij zijn ontslag al ingediend. Ze moeten toch een advertentie kunnen zetten en een sollicitatieprocedure opstarten voor de vakantie?'

'Ze laten heus niks los,' zegt Max.

'En onze Engel?'

We schieten allemaal in de lach. Engeltje is hier pas. We hebben nog nooit zo'n naïeve lerares gehad. Ze valt in voor onze leraar Nederlands.

'Als we het goed aanpakken, trapt ze erin,' zegt Max.

Ze kijken allemaal naar mij.

'Ja, dat dacht ik wel weer, ik mag het zeker doen,' zeg ik.

'Jij bent actrice,' zegt Max. 'Wie kan het nou beter dan jij?'

Ik zie Dave de aula binnenkomen. Soms kan ik het nog

steeds niet geloven dat hij mijn lover is. Ik ga meteen naar hem toe. 'Geitensok gaat waarschijnlijk van school. Hij vertrekt naar Maastricht.'

'Sure?'

'Ik heb het vanochtend gehoord,' fluister ik. 'Hij had het erover met mam. Hij is aangenomen in een lab in Maastricht. We weten het alleen nog niet helemaal zeker.'

'Zou super voor je zijn. Ik duim voor je.' Dave pakt even mijn hand. 'We bellen nog wel.'

Ik kijk Dave na, die met zijn vrienden verder loopt. Wat is het toch een hunk!

'Hallo, kom je nog? We hebben een plan bedacht!' roept Puck.

'Ja, luister goed,' zegt Max. En dan krijg ik precies te horen wat ik moet zeggen.

Mevrouw Engel komt super vrolijk de klas in. Ze huppelt bijna als een meisje. 'Ik ga jullie vandaag blij maken met een prachtig gedicht,' zegt ze.

Voor ze verdergaat, steek ik gauw mijn vinger op. 'Ik heb een vraagje. Mijn neef is net afgestudeerd in wiskunde. Hij wil heel graag leraar worden. Zou u kunnen helpen dat hij hier op school mag lesgeven? Ik zei tegen hem dat er geen plek was, maar nu meneer Blok weggaat, komt er een vacature. Hij is echt heel geschikt als leraar.' Met mijn onschuldigste gezicht kijk ik mevrouw Engel aan.

Iedereen wacht vol spanning af.

'Ik kan hem een keer aan u voorstellen,' zeg ik.

'Wij kennen hem ook,' zegt Max. 'We willen heel

graag dat hij onze leraar wordt. Hij is heel enthousiast, dat kan deze school wel gebruiken. Hij wil in de feest-commissie en helpen om de schoolkrant beter van de grond te krijgen.'

Ik houd mijn adem in. Mevrouw Engel kijkt ons aan. Please, denk ik, zeg eens wat!

Als mevrouw Engel niet reageert, zeg ik: 'Toen meneer Blok ons net vertelde dat hij weggaat, dacht ik meteen aan mijn neef.'

'Dat meneer Blok dat jullie heeft verteld,' zegt mevrouw Engel verbaasd. 'Ik dacht dat hij het nog een tijdje geheim wilde houden.'

'Dus het is waar!' roep ik. 'Blok gaat weg. Ik ben van hem af. We zijn allemaal van hem af. Ik duik met kle-ren en al de gracht in, jongens!' roep ik.

'Stilte!' roept mevrouw Engel. Maar met haar zachte stem komt ze niet boven de herrie uit.

'Hij krijgt een waardig afscheid,' zegt Max.

'Een afscheid dat hij nooit meer kan vergeten,' voegt Nick eraan toe.

'Nu wil ik niemand meer horen.' Mevrouw Engels stem slaat over. Maar het maakt geen enkele indruk. We hossen met zijn allen door de klas. Mevrouw Engel pakt een boek en doet net of ze leest.

Ineens krijg ik medelijden met haar. 'Stil!' roep ik. Ie-dereen houdt zijn mond.

'Mevrouw Engel, het spijt me dat ik u heb uitgehoord, maar we vertellen niemand dat we het van u weten.'

Mevrouw Engel legt haar boek weg. 'Kunnen we ons nu eindelijk op dit prachtige gedicht concentreren?'

'Wat deed jij eigenlijk onder de les van Verhagen?' vraag ik Puck als we naar geschiedenis lopen.

We moeten achter elkaar lopen, zo druk is het in de gang.

'Ik heb vanochtend muziek geschreven bij een song van Kiki en ik wilde er nog een paar kleine wijzigingen in aanbrengen,' zegt Puck als we weer naast elkaar kunnen lopen.

'En, tevreden?'

'Vanochtend vond ik dat het swingt.'

'Mooi zo, alweer een nieuw nummer,' zeg ik blij. 'Super toch?'

'We hebben al zoveel super nummers,' verzucht Puck. 'Jammer genoeg helpt het niks.'

Als we langs de kapstokken komen haalt Puck een pakje kauwgum uit haar jas. 'Jij een?'

Ik houd mijn hand op. 'Puck, het gaat hartstikke goed met de band. Ik kreeg alweer een aanvraag via de mail.'

'Ja, voor een clubhuis, Britt. Ik wil dat we doorbreken. Ik wil dat de band hot wordt.'

'Je bent verwend door ons optreden in De Blauwe Stoep,' zeg ik.

'Ik snap er niks van,' zegt Puck. 'We hadden mega succes in De Blauwe Stoep. We hadden echt mazzel dat we in het voorprogramma van de Crush mochten optreden. Maar er is helemaal niks uit gekomen.'

'Nog niet,' zeg ik.

'Ja hallo, als iemand ons had opgemerkt, hadden we het heus al gehoord.'

'We stonden wel mooi in de krant,' zeg ik.

'Ja, in het plaatselijke sufferdje. Een paar regels. Dat bedoel ik niet,' zegt Puck. 'Ik wil groot worden, Britt.'

'Misschien heeft De Blauwe Stoep nog wel wat reacties gehad,' zeg ik. 'Ik zal er eens langsgaan. Wacht, even pissen.' Ik schiet de wc in.

Als ik de wc uit kom, zegt Puck: 'Dus je bent nog niet langs De Blauwe Stoep geweest?'

'Ik moest mijn rol leren,' zeg ik. 'Ik heb binnenkort weer een draaidag voor de film.'

Ik verwacht dat Puck pissig wordt. Ik ben tenslotte hun manager, maar Puck kijkt me stralend aan. 'Wow! Dus je bent nog niet geweest?'

'Hoezo?'

Puck kijkt me aan. 'Ik wil mee naar De Blauwe Stoep!'

'Waarom?'

'Eh… ik mag die gasten daar wel.'

'En één in het bijzonder zeker,' lach ik. 'Vertel op, welke?'

'Raad maar.'

'Die zwarte hunk?' vraag ik.

Puck schudt haar hoofd.

'Die blonde dan?'

Puck knikt.

'Toch niet die gast met die krulletjes?'

Puck wordt knalrood.

'Nee, dat geloof ik niet!' roep ik. Dat had ik nou nooit gedacht. Volgens mij heeft hij daar een bijbaantje. Voor ons optreden ben ik er een paar keer geweest en hij was er alleen op donderdag.

'Dan moeten we toch naar De Blauwe Stoep,' zegt

Puck. 'Uitzoeken waar hij op school zit. Help, daar heb je Wouter, nu even geen zin in.' Ze trekt me mee een lokaal in.

Als we even later weer doorlopen, vraagt Puck: 'Zullen we dan vanmiddag gaan?'

'Yes,' zeg ik.

'Hij zal wel verkering hebben,' zegt Puck. 'Als ik iemand leuk vind, is-ie meestal bezet.'

'Ik vind het helemaal geen type voor verkering,' zeg ik.

'Ik weet niet waarom. Misschien is het onzin, maar zo komt hij op mij over. Zo onafhankelijk.'

'Ik ben toch ook niet afhankelijk?' zegt Puck. 'Maar daarom kan ik wel verliefd worden. En als hij inderdaad geen type voor verkering is, zullen we daar eens verandering in aanbrengen.' Puck grijnst.

Mevrouw Kort staat bij de deur en wenkt dat we moeten opschieten.

'Nou, ik ga vast bij de gracht staan,' zegt Noah als we met zijn drieën na school over het schoolplein fietsen.

Ik was alweer vergeten dat ik had gezegd dat ik met kleren en al in de gracht zou springen. 'Goed!' Ik gooi mijn fiets neer en doe net alsof ik naar het water ren.

'Nee, nu niet!' gilt Puck. 'We zouden naar De Blauwe Stoep gaan.'

'Heb ik iets gemist?' vraagt Noah.

'Ze heeft een hunk gescoord.' Ik pak lachend mijn fiets op. 'Die met die blonde krulletjes. Hij stond 's avonds achter de bar.'

We willen net opstappen als Dave eraan komt.

'Britt!' roept hij. 'Sorry, maar ik kan vanavond niet.'

Mijn humeur is meteen verpest. We zouden een scène uit de film oefenen. 'Het is wel belangrijk,' zeg ik. 'Ik heb geen zin om op de set te staan klunzen.'

'Ik kan echt niet,' zegt Dave. 'Ik moet naar Shooting Star. Maria belde gisteren. Het filmpje van Melanie en mij op YouTube is hartstikke goed bezocht. Maria wil dat we een tweede maken.'

'Super!' zegt Noah. 'Zo meteen wordt het nog een megahit.'

Dave wenkt Wouter dat hij eraan komt. 'Ik bel je nog wel, Britt.' Hij geeft me een snelle kus.

Dave is nooit plakkerig waar anderen bij zijn. Dat hoeft ook niet van mij. Maar ik baal wel dat hij vanavond niet kan. Het is maar goed dat ik nu weet dat Melanie niet op jongens valt, anders zou ik best jaloers zijn. Nu met dat filmen voor YouTube brengt Dave veel tijd met haar door. Toen ik dat nog niet wist van Melanie, dacht ik dat die twee iets hadden. Maar Melanie heeft verkering met Kiki, de drumster van Crazy Ontbijtkoek. Het is wel gaaf dat het YouTube-filmpje succes heeft. Maria, de regisseur van onze film, heeft een heel kort scriptje voor hen geschreven. Het is reclame voor onze film, *Rogiers vlucht*. Ik mocht ook meedoen, maar mam wilde het niet hebben.

'Hoe moet het dan met je schoolwerk?' vroeg ze. 'Van mij mag je, maar dan moet je de band laten vallen.' Puck kilt me als ik dat doe.

'Wat sta je nou te dromen?' Noah stoot Puck aan, die met een glazige blik voor zich uit staart.

'Ze denkt aan haar hunk,' zeg ik plagend.

'Nee, ik denk helemaal niet aan mijn hunk. Ik dacht toevallig aan onze band. Wat denken jullie van een filmpje op YouTube? Misschien breken we dan door.'

'Goed idee,' zegt Noah. 'Die Esmée, je weet wel, dat Nederlandse meisje, die is ook op YouTube begonnen. En nu is ze over de hele wereld beroemd.'

Ik leg mijn hand op Pucks stuur. 'Ja, dat is nog eens iets anders dan een paar regels in de krant. YouTube wordt over de hele wereld bekeken. Dus wat doen we?'

'Niet naar De Blauwe Stoep,' zegt Puck. 'Die hunk kan wachten. Ik ga voor Crazy Ontbijtkoek, meiden. We gaan iets verzinnen.'

Ik moet lachen, echt Puck weer. Zo erg verliefd is ze dus ook niet. Dat dacht ik wel. Ik had haar nog niet eerder over die jongen gehoord. Ze heeft gewoon zin in iets spannends. Als ze hem kan krijgen, moet ik nog zien of ze hem wil. Puck kan zich niet binden.

We rijden naar Pucks huis. Dat we niet eerder aan You-Tube hebben gedacht. Stel je voor dat het ons lukt en de band echt doorbreekt.

Zodra we in de studio bij Puck zijn, klikt Puck YouTube aan. 'Kijken jullie maar vast, ik ga binnen iets te drinken scoren.'

Noah en ik bekijken een paar filmpjes. Er staan er zo verschrikkelijk veel op dat we er moedeloos van worden. 'Er is bijna geen beginnen aan,' zegt Noah.

Ik moet er ook van zuchten. 'Er staan er veel te veel op. Heeft het wel zin?'

Puck komt terug en zet cola en chips voor ons neer. 'En? Wat zitten jullie hier nou depri naar dat ding te staren?'

'Heb je gezien hoeveel erop staat?' zeg ik.

'Nou en?' Puck stopt een handvol chips in haar mond en zegt iets onverstaanbaars.

'Wat zeg je?'

'En die Esmée dan,' zegt Puck als haar mond leeg is. 'Er staan miljoenen zangeressen op YouTube, maar zij is toch maar mooi ontdekt. Iemand die op zoek is naar talent, stroopt heel YouTube af.'

Ik sta op en loop door de studio heen en weer. Er moet toch iets te bedenken zijn. Ineens weet ik het. 'We moeten zorgen dat we opvallen, dan geloof ik er wel in. Niet zomaar een optreden met een song, nee echt iets mafs.'

'Dat bedoel ik. Het moet knettergek zijn. Onze band heet niet voor niets Crazy Ontbijtkoek,' zegt Noah.

'We gaan scoren!' Puck gooit een chipje in de lucht en vangt het op met haar mond. 'Weet je wat we doen? We gaan in ons blootje. Dat valt op.'

'No way,' zegt Noah. 'Ik weet zeker dat Dennis dat ook niet doet. Ik ga echt niet in mijn nakie op YouTube staan. Dan maar niet beroemd. Durf jij dat wel dan?' Noah kijkt Puck aan.

'Puck wel,' zeg ik grijnzend. 'Die is er gek genoeg voor.'

'Wel als we ons beschilderen,' zegt Puck. Ze haalt een boek uit de kast. 'Kijk, deze meiden zijn ook helemaal beschilderd. Vet toch?'

'Super!' zeg ik.

'Dat valt wel op,' zegt Noah, die toch nog een beetje aan het idee moet wennen.

'Zoiets bedenkt niemand,' zegt Puck.

'Ik hoop het.' Noah surft op YouTube. 'Kijk eens, heel origineel, maar het is er al.'

Puck slaat het boek dicht. 'Balen! Ik vond het juist zo'n gaaf idee.'

'Ik weet iets,' zegt Noah. 'We gaan heel tuttig. Met heel truttige jurken, tot bovenin dichtgeknoopt.'

'De jongens ook?' vraag ik.

'Ja,' zegt Puck.

'Zeker met harige benen eronder,' zegt Noah lachend.

'Niks harige benen, die jurken komen tot aan de grond,' zegt Puck. 'En dan heel heftige muziek erbij.'

'Mijn moeder wil de jurken vast wel naaien,' zegt Noah.

Puck doorzoekt de filmpjes. 'Jammer, maar het bestaat al. Ja hoor, zelfs meerdere bandjes zien er heel tuttig uit.' Ze denkt even na. 'En als we allemaal een masker voordoen, met een dier erop?' Ze tekent een bavianenkop. 'Zoiets?' Ze houdt het voor haar gezicht.

'Nee, geen maskers met dierenkoppen,' zeg ik.

Noah moet lachen. 'Ik zie Dennis al met een varkenskop op. Lekker sexy.'

'Misschien toch een goed idee,' zeg ik grijnzend. Maar als ik op YouTube kijk, vind ik een paar bandjes met maskers op.

'Shit!' Puck staat op en steekt haar armen wanhopig in de lucht. 'Alles wat we bedenken, is er al. Het is om gek van te worden.' Ze doet de garagedeur open, loopt de tuin in en ploft in het gras neer.

Noah en ik gaan ook naar buiten. Ik baal wel. Het leek zo'n gaaf idee.

'Waarom is alles al bedacht?' Puck gooit een steentje in de vijver. 'Hé, kan die Melanie niet met ons meedoen?' zegt ze opeens.

'Melanie?'

'Ja, een bekende soapie in onze clip, dat trekt wel.'

'Kiki heeft verteld dat Melanie nooit iets met een band zou willen.'

'Vraag Ruud Feltkamp, nou goed,' zegt Noah.

'Hadden we die maar,' verzucht Puck. 'Dan krijg je mega veel reacties.'

'Yes!' Ik spring op. 'Melanie speelt met hem in een soap. Misschien kan zij ervoor zorgen dat hij het doet.'

'Wow!' roept Noah. 'Ruud Feltkamp in onze clip, of Marius Gottlieb, dat zie ik wel zitten. Ik weet alleen niet of Melanie mee wil werken.'

'We moeten Kiki vragen of ze Melanies hulp in wil roepen,' zegt Puck. 'Beter kan niet. Melanie is desperate verliefd op Kiki. Ze wil heus wel iets doen voor de band van haar lover.'

'Als Kiki het maar wil,' zeg ik.

'We moeten een afspraak maken met iedereen erbij,' zegt Puck. 'Dan vragen we het haar, dan doet ze het wel.'

Dat heb ik weer!

Wat zou jij voor 'geks' doen om het YouTube-filmpje van je band op te laten vallen?

♡ Ik ga in mijn sexy outfit op de voorgrond dansen. Ik ben zo cute, dat ik vanzelf opval...

♣ Iedereen die ons filmpje aan minstens drie friends doorstuurt, krijgt een gratis kaartje voor een spetterend optreden!

◇ Een lekker crazy clip maken. Bijvoorbeeld: alle bandleden wegpoetsen van het filmpje. Dan zie je dus alleen instrumenten in de lucht hangen die vanzelf spelen. Lachūh!

♠ Onze band is mega goed. We hoeven nix geks te doen om op te vallen. Onze muziek trekt genoeg aandacht. ☺

☆ Zoveel mogelijk verschillende clips maken. Dan zul je vanzelf wel een keer worden gezien.

Uitslag

◇ Jij bent vast een super hotte chick! Maar ik hoop dat je genoeg opvalt, want er staan al vet veel sexy boys & girls op YouTube...

♣ Slimmerd! Twee vliegen in één klap: veel gratis reclame en een enthousiast publiek voor je optreden. Je zou een super manager zijn! ☺

◇ Jullie zullen wel veel fun hebben bij het bedenken en maken van de clip. Ook super belangrijk! En als jullie zoveel lol hebben, zullen anderen dat ook zien.

♠ Cool! Voor jou gaat het echt helemaal om de muziek. Ik loop dat jullie doorbreken!

☆ Meer is niet altijd beter... Natuurlijk heb je met meer clips een grotere kans om gezien te worden, maar zijn je clipjes dan nog wel goed genoeg?

Geplaatst door: Britt | Reacties (0)

3

The biggest surprise ever: Blok Geitensok gaat naar Limburg verhuizen!!!! Ik ben van die eikel af ☺☺☺ Ik maak meteen testjes om het te vieren.
H@ppy Britt

Wat zou jij doen om van die sukkel van een stiefvader af te komen?

♡ Tegen mijn moeder zeggen dat ik hem heb zien zoenen met de meest sexy lerares van school. Dan maakt ze het natuurlijk meteen uit.

♣ Wegpesten: uien in zijn schone sokken stoppen, blauwe verf in zijn shampoofles, zout in zijn koffie en de hele dag keihard muziek draaien (natuurlijk muziek waar hij een hekel aan heeft...).

♢ Mijn moeder uitleggen dat ze EGT niet langer met deze boring loser om kan blijven gaan. En dat ik anders weleens een MEGA lastige puber zou kunnen worden…

♠ Zooooo overdreven lief doen dat hij er zenuwachtig van wordt. Als mijn moeder denkt dat ik ook verliefd op hem ben, vindt ze het vast zielig voor me…

☆ Niks. Ik zou hem proberen te accepteren, want hij maakt mijn moeder gelukkig…

Uitslag

♢ Een beetje vals, maar wel effectief! Nu maar hopen dat je leugen niet uitkomt, want dan gelooft je moeder je straks nooit meer…

♣ Als hij een beetje humor heeft, kan hij wel lachen om je streken. En anders is hij waarschijnlijk snel vertrokken. Zorg wel dat je moeder niet eerder doordraait dan hij…

♢ Smart! Probeer haar uit te leggen waarom je hem zo stupid vindt. Misschien kan je moeder jou dan uitleggen wat ze in hem ziet en komen jullie er toch nog uit met z'n allen. ☺

♠ Als die creep maar niet verliefd op jou wordt!... Aaarghhhh ☹

☆ Super sweet! Jij gunt het je moeder echt om happy te zijn. Ook als het voor jou minder leuk is…

33

Wat voor man zou jij voor je moeder kiezen?

♡ Een cutie! Ik wil dat ze iemand heeft op wie ze trots kan zijn. En dan heb ik ook nog iets leuks om naar te kijken…

♣ Eentje met humor! Als ik met hem kan lachen, worden we vast vrienden. En misschien wordt mijn moeder dan wat minder serieus.

◇ Een filmster of muzikant. Vet cool! Of nog beter, de directeur van de H&M… ☺

♠ Mijn vader, of een man die zoveel mogelijk op hem lijkt…

☆ Als ik dan toch een stiefvader moet hebben, dan maar eentje met veel geld. Dan koop ik elke maand de hipste kleren, een mobieltje en games.

Uitslag

◇ Hopelijk heeft je moeder dezelfde smaak als jij!… Kies wel een hunk zonder dochter van jouw leeftijd. Als ze net zo'n beauty als haar vader is, pikt ze je mis- schien wel alle boys op school in. ☹

♣ Yep, lachen is vet belangrijk in een relatie! Zolang het natuurlijk geen uitlachen is…

◇ Jij wilt ook een beetje snoepen van de glitter & glamour! Of gratis shoppen bij H&M, VET!!!

♠ Als je egte vader niet terug kunt krijgen, dan maar eentje die op hem lijkt. Als hij en je moeder dan maar niet weer gaan scheiden…

☆ Handig! Zoek wel eerst even uit of hij zijn geld met jou wil delen. Aan een rijke vent die op zijn money blijft zitten heb je je nix.

Geplaatst door: Britt | Reacties (2)

Reactie van Sara
Wow, Britt, wat een mazzelaar ben jij. Ik wou dat mijn stiefvader ging verhuizen. Maar dat zit er voorlopig niet in. Ik ben superblij voor je! Ik kies voor 2x ◇.
x Sara

Reactie van Fons
Wat zeg je nu, Britt? Gaat die zak naar Limburg? Toch niet naar Maastricht, hoop ik???? Bij ons op school is een vacature voor een wiskundeleraar. HELLUP! Ik waarschuw meteen de hele school.
Fons

Wees niet bang, Fons. Geitensok gaat ergens in een laboratorium werken. Ik zie het al voor me: Bloks harige voeten in sandalen onder een witte jas.
Britt

Geplaatst door: Britt I Reacties (0)

http://www.dathebikweer.com

Mijn mobieltje gaat. Ik neem op. 'Hi Noah!'
'Je moet even op Hyves kijken. Daar zit een meid die beweert dat ze in *Rogiers vlucht* zit. Dat kan toch niet? Ze speelt zogenaamd de tweelingzus van Rogier.'
'Heet ze Laura?'
'Ja.'
'Dan is het zo.'
'Je hebt nog nooit over haar verteld.'
'Nee, ik heb haar nog niet gezien. Ze was niet bij de kennismaking en ze hoeft nog niet te spelen. Ik ga meteen even kijken.'
Ik hang op en log in op Hyves. Ja, daar is Laura.

Britt: Hi Laura, ik ben Britt. Ik zit ook in *Rogiers vlucht*. Ik speel Anne.

35

Laura: Wat toevallig! Ik heb al veel over je gehoord, Britt. Je
speelt keigoed, zeggen ze. Maar ik kom binnenkort zelf
op de set, dus dan zie ik het.

Britt: Weet je wat grappig is? Jij
speelt de zus van mijn vriendje
Dave.

Laura: Nog meer toeval, mijn vriendje
heet ook Dave, maar daar heb ik
troubles mee.

Britt: Waarom? Gaat hij vreemd?

Laura: Nee, laat maar.

Britt: Zeg het dan, misschien kan ik je
helpen.

Laura: Hij wil dingen die ik nog niet wil.

Britt: Dat moet je niet doen, hoor. Je
moet het tegen hem zeggen.

Laura: Is dat niet tuttig?

Britt: Nee, dat dacht ik ook altijd. Maar
dat heb ik van Puck, mijn vriendin,
geleerd. Die zegt altijd: weet je wat tuttig is? Als je
tegen je zin iets doet met een jongen.

Laura: Ze heeft wel gelijk.

Britt: Heel erg gelijk. Je moet het hem vertellen. Doen, hoor.

Laura: Ik zie hem morgen, dan zeg ik het. Hoe laat ben jij op
Hyves? Dan vertel ik hoe het ging.

Britt: Zeven uur?

Laura: Prima. Tot morgen.

Aan wie vraag jij advies over je verkering?

♡ Mijn BFF. Niemand kent me zo goed als zij. En ze weet ALLES over mijn verkering…

♣ Mijn moeder. Ik praat niet vaak met haar over belangrijke dingen, maar soms kan ze ineens iets heel smarts zeggen.

◇ Mijn vader. Hij is toch de enige boy die ik EGT kan vertrouwen…

♠ Mijn internetfriends. Ze bekijken alles van een afstandje en kunnen daarom goede adviezen geven.

☆ Ik luister alleen naar mezelf. Alleen mijn boyfriend en ik weten hoe onze relatie in elkaar zit.

Uitslag

☆ BFF's rule! Super als je alles met elkaar kunt delen! Blijf wel voor jezelf denken, want ook BFF's hoeven het niet altijd met elkaar eens te zijn…

♣ Vet dat je zo goed met je moeder kunt praten. Jullie hebben een super band!

◇ Goed plan om je vader om advies te vragen! Hij weet hoe boys denken én hij wil het beste voor jou.

♠ Via MSN of Hyves kun je er snel achter komen hoe andere boys & girls ergens over denken. Het kan ook wel weer verwarrend zijn, omdat je vaak veel verschillende adviezen krijgt.

☆ Cool! Als je een probleem hebt met je lover, kun je er het beste meteen met hem over praten. Dat voorkomt een hoop misverstanden.

http://www.dathebikweer.com

Ik log net uit als Lucas mijn kamer in komt.

'Mama is thuis,' zegt hij. 'Ga maar niet naar beneden. Ze is weer chagrijnig. Ik vroeg alleen maar of ik rotikip mocht halen en toen werd ze kwaad. Ik vroeg het alleen maar, ik zeurde helemaal niet. Als dat nou ook al niet meer mag…'

'Ik weet waarom ze zo is de laatste tijd,' zeg ik. 'Geitensok gaat verhuizen.'

'Waar naartoe?'

'Naar Maastricht, dan is het uit. Super hè, voor ons dan.'

'Gaat hij daar wonen?'

'Ja, hij heeft daar een baan.'

'Dan hoeft hij er toch nog niet te gaan wonen,' zegt Lucas.

'Weet je waar Maastricht ligt, sukkel?' vraag ik.

'Dat weet ik heus wel.'

'Waar dan?'

'Stomme zus.' Lucas gaat kwaad mijn kamer uit.

Mam zal wel raar opkijken als ze hoort dat ik van Bloks nieuwe baan af weet. Ze had het me best zelf kunnen vertellen. Waarschijnlijk wist ze het al het hele weekend en ze heeft niks gezegd. Raar eigenlijk. Misschien is ze bang dat ze gaat huilen als ze het vertelt. Wel zielig voor haar. Ik sluit mijn computer af en ga naar beneden. Mam is in de keuken.

'Hi mam, ik heb het grote nieuws gehoord.'

'Welk nieuws?' Mam kijkt niet eens op en gaat gewoon verder met het uitpakken van de boodschappen.

'Dat Blok ons gaat verlaten. Wel naar voor je, maar je vindt heus wel een ander hoor, mam. Weet je wat je moet doen? Daten. Dat heeft de moeder van Kiki ook gedaan en ze heeft een hartstikke leuke man gescoord. Ik wil je wel helpen.'

'Ik ben helemaal niet van plan om te gaan daten,' zegt mam.

'Wil je dan alleen blijven?'

'Britt, bemoei jij je nou maar met Dave.'

'Wat nou? Je kunt er toch wel over praten?'

'Er valt niks te praten, Britt.'

'Je wilt er dus nog niet over nadenken?'

'Nee,' zegt mam. 'Ik heb een drukke dag gehad, doe me een lol en hou erover op.'

Ik zit een tijdje boven mijn huiswerk als ik ineens zie hoe laat het is.

Help! Dat is waar ook! Pap en ik zouden skypen.

Ik zet snel mijn webcam aan. Pap is al online. 'Hi pap.'

'Ha, meissie van me. Hoe gaat het?'

'Super. Geitensok gaat in Maastricht wonen, pap. Hij gaat daar werken. We zijn van hem af! Nou weet ik ook waarom mam zo zat te piekeren. Dat komt daardoor. Het gaat uit.'

'Wees maar lief voor haar,' zegt pap.

'Ja, als ze chagrijnig is zeker.'

'Meestal duurt dat nooit zo lang bij mama,' zegt pap. 'Vroeger als we weleens ruzie hadden en ik iets stoms had gedaan, was het zo weer over. Mama kan makkelijk vergeven. Dat is een mooie eigenschap.'

'Jij toch ook?'

'Ja, gelukkig wel. Wat dat betreft pasten we heel goed bij elkaar. En als het dan weer over was, kon mam altijd zo vrolijk kijken. Daar denk ik nog weleens aan. Yahima kan dagenlang blijven mokken. Maar genoeg over mij. Hoe gaat het met jou en Dave?' vraagt pap.

'Je moet meekomen,' zegt Lucas als ik naar beneden wil gaan.
'Waarom?'
'Kom nou.'
Zodra ik in Lucas' kamer ben, doet Lucas de deur dicht. 'Wil jij een chagrijnige moeder?'
Ik ga op zijn bed zitten. 'Nee, natuurlijk niet.'
'Maar als ze weer alleen is, wordt ze wel weer chagrijnig,' zegt Lucas. 'Dan mogen we niks. Weet je nog toen papa net weg was?'
'Wat wil je dan? Een man voor haar zoeken?'
'Ja!' Lucas springt op. 'Weet je dat programma, waar kinderen een man of vrouw voor hun moeder of vader zoeken? Dat wil ik ook, dan komen we op tv.'
'Wel heel maf,' lach ik. 'Maar we gaan toch geen man voor mama zoeken?'
Eigenlijk is het helemaal niet zo'n gek idee. Stel je voor dat we een leuke man voor mam vinden.
'Ik durf het wel,' zegt Lucas.
'Ik durf het ook wel,' zeg ik. 'Ik weet alleen niet of ik het wil.'
'Natuurlijk wil je het wel. Of wil je soms Geitensok de tweede?' zegt Lucas. 'Ze komt vast weer met een of andere sukkel aan. Laten we ons opgeven.' Lucas trekt aan mijn arm. 'Toe dan, ik weet welke site het is.'
'Je hebt dus al gekeken?' vraag ik. 'Waar mama bij was?'

'Nee, zo stom ben ik niet.'

'Op mijn laptop dus. Je mag niet op mijn laptop, je mag niet eens in mijn kamer als ik er niet ben.'

'Doen we het?' smeekt Lucas.

'Eten!' wordt er beneden geroepen.

'Ik moet er nog even over nadenken,' zeg ik. 'Het is wel een grappig idee. Wat voor soort man zou jij voor mama willen?'

'Nou, een grappige, met wie ik kan lachen. En eh…'

'Britt, Lucas!' klinkt het weer onder aan de trap.

'Morgen zeg ik of we het doen,' beslis ik en voordat mam woest wordt gaan we naar beneden.

'Waarom geven jullie geen antwoord als ik roep?' Mam zet een schaal spaghetti op tafel. 'Jullie laten me maar roepen. Belachelijk. Lucas, handen wassen.'

'Heb ik net boven gedaan,' zegt Lucas.

'Kan me niet schelen, je gaat nu je handen wassen.'

Wat is mam erg! Hier heb ik ook geen zin in. En het is nog niet eens uit met Blok. Kun je nagaan hoe het gaat worden als hij echt weg is. Ik kijk naar Lucas en steek mijn duim op.

Lucas grijnst terug.

'Britt! Dave is er!' roept Lucas van beneden.

Ik leg mijn pen neer. Omdat Dave niet kwam, ben ik maar aan mijn proefwerk voor overmorgen begonnen. Maar nu is hij er toch!

Ik sta op en doe mijn kamerdeur open.

'Surprise!' Dave slaat zijn armen om me heen en kust me.

'Ben je al klaar met je filmpje?'

'Nee, Maria heeft afgebeld. Melanie had een extra opname voor de soap.' Hij kijkt me aan. 'Wat zie je er vrolijk uit.'

'Vind je het gek,' zeg ik en ik doe de deur van mijn kamer dicht. 'Nu ik weet dat Blok weggaat, kan mijn dag niet meer stuk.'

'Het is dus waar.'

'Yes,' zeg ik. 'Mam is desperate. Weet je wat Lucas en ik gaan doen? We gaan ons inschrijven voor dat tv-programma: *Gezocht: leuke man voor onze moeder.*'

'Crazy! Dan bellen ze haar aan het eind van de aflevering op en maken ze een afspraak dat ze bij je thuis komen. Zogenaamd een verrassing.'

'Vet, toch?'

'Dan weet ze het toch al.'

'Mijn moeder niet. Ze kijkt nooit naar dat soort programma's.'

Dave trekt me naast zich op mijn bed. 'Dus jij gaat een vent voor je moeder uitkiezen.' Hij neemt mijn gezicht tussen zijn handen en kust me. Een paar tellen later liggen we op bed. Dave strijkt door mijn haar en dan kussen we weer.

'Nog één kus,' zeg ik. 'En dan gaan we oefenen.'

Dave zou het liefst de hele avond zoenen. Ik ook, maar de film moet wel goed worden.

'Weet je wie ik vanmiddag op Hyves heb gespot? Eigenlijk had Noah haar gespot. Laura, jouw tweelingzus in *Rogiers vlucht*. Ze lijkt me heel aardig. Ik spreek haar morgen weer op Hyves. En ik heb nog iets super vets,' zeg ik als we rechtop zitten. 'Het gaat over de band, maar dat vertel ik als we hebben geoefend.'

'Vertel het dan maar meteen,' zegt Dave.

'Hoezo?'

'Ik eh… ik heb mijn rol niet geleerd.'

'Hè, nee!'

'Kan ik het helpen,' zegt Dave. 'Ik kreeg de tekst van het filmpje voor YouTube, dat ging voor.'

'Dus we kunnen helemaal niet oefenen.'

'Nee,' zegt Dave en hij kijkt me met een grijns aan. 'Maar ik weet iets veel leukers.' Hij kust me in mijn nek.

4

Puck, Noah en ik zijn op weg naar De Blauwe Stoep. Ik
zou het wel leuk vinden als Puck ook een lover heeft.
Dan snapt ze ook beter waarom ik het vaak over Dave
heb. Ik kan me niet voorstellen dat het ooit uit zal gaan
tussen Dave en mij. Zou ik de rest van mijn leven met
hem blijven? Wat een raar idee. Maar ik wil het wel, ik
wil helemaal niemand anders, never nooit. Dave is
mijn eerste echte vriendje, ik weet helemaal niet hoe
het met een ander zou zijn. Maar dat kan me ook niks
schelen, hij is toch de liefste en knapste boy van de wereld. En het leuke is dat we samen in een film spelen.
Misschien worden we later wel een beroemd koppel.
'Wie weet worden we zoals Brad Pitt en Angelina Jolie,' zei Dave gisteravond nog.
We lagen heerlijk samen op bed te fantaseren toen
mam het kwam verstoren.
'Dave, je moet nu naar huis, het is al kwart voor negen.'
Al kwart voor negen, alsof we kleuters zijn. Belachelijk
gewoon, dat komt alleen maar omdat ze chagrijnig is.
Lucas heeft gelijk, we moeten een leuke man voor haar
scoren.

'Shit!' Noah trapt op haar rem. 'Helemaal vergeten,' zegt ze. 'De Blauwe Stoep is gesloten. Dat las ik in het krantje, ze zijn drie weken dicht.'

'Nee!' Puck stapt nijdig van haar fiets. 'Lekker, dan kan ik zeker drie weken wachten voor ik mijn hunk zie. Dat red ik niet. Ik ga bij alle scholen posten en kijken of hij naar buiten komt. Balen! Echt weer iets voor mij. Het kan ook nooit eens goed gaan als ik op iemand ben.' Ze kijkt ons aan.

We kunnen ons lachen niet meer houden.

'O, wat ben jij vals!' Puck laat haar fiets vallen en stormt op Noah af.

'Help! Ze kilt me!' roept Noah.

Puck legt haar handen om Noahs keel.

'Genade!' piept Noah, die doet alsof ze bijna stikt. 'Ik zal het nooit meer doen.'

'Oké.' Puck laat Noah los en we rijden weer verder.

'Jij moet het woord doen,' zegt Puck als we bij De Blauwe Stoep zijn en naar binnen gaan.

'Ja ja.' Ik ken Puck. Ineens neemt ze toch het gesprek van me over. Zo is ze gewoon.

'Hebben jullie een afspraak?' vraagt een jongen, die de bar aanvult.

'Nee, we komen even langs om te vragen of er nog reacties zijn binnengekomen op ons optreden.'

'De manager is beneden.' De jongen wijst naar de kleine zaal.

We lopen de trap af en gaan de kleine zaal in.

'Aha.' De manager kijkt verrast op als we binnenkomen. 'Kunnen jullie nog wel gewoon over straat lopen?'

'Jammer genoeg wel,' lach ik. 'We zijn benieuwd of u nog iets hebt gehoord na ons optreden.'

'Helaas,' zegt de man. 'Niet één reactie. Hoewel de zaal heel enthousiast was. Waarschijnlijk hebben ze alles naar jullie gestuurd. Hebben jullie veel gehoord?'

'Eh… niet echt veel,' zeg ik voorzichtig.

'Mogen we nog een keer in een voorprogramma?' vraagt Puck.

De man lacht. 'Dat kan niet, meiden. Een voorprogramma moet juist verrassend zijn. Daarom nodig ik elke keer andere bands uit. Over een jaar of twee kan ik jullie opnieuw vragen. Of het moet al eerder zo goed met jullie gaan dat ik jullie voor het hoofdprogramma kan uitnodigen.'

'Ik wou dat het waar was,' verzucht Puck.

'Houd moed,' zegt de man. 'Jullie doen het goed, daar ligt het niet aan. Maar er zijn mega veel bandjes. Jullie zullen je nog meer moeten onderscheiden, ben ik bang. Nou, ik ga weer verder, meiden.' De man maakt aanstalten om te vertrekken.

'Eh…' zegt Puck. 'Die blonde jongen die hier werkt, die had misschien een goeie tip voor ons.'

'O, Michael. Die werkt hier niet meer. Trouwens, hij werkte hier maar een enkele keer per week. Hij zit nog op school.'

'Bij ons?' vraagt Puck slim. Nu moet de manager wel zeggen op welke school hij zit.

Maar het lijkt wel of hij het niet over Michael wil hebben, want hij gaat er niet op in. 'Succes, dames!' zegt hij en hij loopt weg.

'Shit!' zegt Puck. 'Nou weten we nog niks.'

We lopen de kleine zaal uit. Een Surinaamse vrouw zet een krat glazen op de bar in de gang.

Noah stoot me aan.

Ik begrijp meteen haar hint. 'Mogen we iets vragen?' begin ik. 'We kwamen voor Michael, maar nu hoorden we dat hij hier niet meer werkt.'

'Michael van der Plas? Nee, die komt niet meer. Hij eh... ik weet ook niet precies waarom hij hier niet meer werkt.'

'Misschien had hij het te druk met zijn schoolwerk,' zegt Puck. 'Een slecht rapport, dan moet je van je ouders je baantje opzeggen.'

'Zou kunnen,' zegt de vrouw.

'Zeker als je examens moet doen,' zegt Puck.

'Nee, zover is hij nog niet.'

'Ik dacht dat hij wel achttien was of zo,' probeert Puck nog.

'Nee, hij is zestien,' zegt de vrouw.

'Volgens mij heb ik hem een keer bij ons op school zien lopen,' zegt Noah expres. 'Klopt dat? De scholengemeenschap in Zuid?'

Heel listig van Noah.

'Hij zit op de grafische school,' zegt de vrouw. 'Hij wil grafisch ontwerper worden, dat zei hij tenminste.'

'O, leuk,' zeggen we schijnheilig. 'We gaan maar weer eens, tot ziens.'

'Weten jullie nu genoeg?' lacht de vrouw. 'Ja, ik ben zelf ook jong geweest,' zegt ze als Puck knalrood wordt.

Stikkend van de lach rennen we naar buiten. We halen onze fietsen van het slot.

Puck springt meteen op haar fiets en met haar handen in de lucht rijdt ze weg.

'Puck, waar ga je heen?' vraag ik.

'Wat denk je?' Puck pakt haar stuur vast en draait zich om. 'Naar de grafische school, natuurlijk! Jullie gaan toch mee?'

'Je vergeet iets,' zeg ik.

'Wat dan?'

'Hallo. Crazy Ontbijtkoek, ooit van gehoord?' Ik wapper met mijn handen voor Pucks ogen. 'Je hebt zelf een afspraak met iedereen gemaakt. YouTube, weet je nog?'

'Shit, wat stom van me. Ik was het helemaal vergeten.'

In de verte hoor ik de kerkklok. 'Racen, anders zijn we te laat.'

'Ik heb de studio opengelaten,' zegt Puck. 'Ze kunnen naar binnen, hoor.' Op dat moment gaat haar mobieltje.

'Een sms'je.' Puck haalt haar telefoontje uit haar zak. 'Hè, jammer, Kiki kan niet.'

'Wacht maar, ik bel wel. Ze moet komen. Het gaat juist om Kiki. Zij moet Melanie vragen.' Terwijl we naar Pucks huis fietsen, bel ik Kiki.

'Hi, met je manager. Je moet komen vanmiddag, het is super belangrijk. We gaan een plan bespreken. Je moet erbij zijn.'

'Kun je me niet bijpraten door de telefoon? Of stuur anders een mailtje. Ik heb een heel belangrijk proefwerk.'

'Nee, het is maar voor heel even. We hebben een geniaal plan bedacht voor Crazy Ontbijtkoek. Dus stap op je bakfiets en race meteen naar de studio.' Dan hang ik op.

Ik moet in mezelf grinniken. Ik had nooit gedacht dat ik zo streng kon zijn. Maar het moet wel. We willen toch doorbreken? Er is altijd wel een bandlid dat niet kan. Dit is onze kans. Mij komt het eerlijk gezegd ook niet uit. Ik zou me met Lucas inschrijven voor het tv-programma. Lucas baalde dat ik niet kon. Ik heb beloofd dat we het vanavond gaan doen.

'Hèhè!' roepen Pim en John als we bij de studio aankomen. Hijgend zetten we onze fietsen in het rek.

'Sorry,' zeg ik. 'Er kwam iets tussen.'

Ik zie aan Noahs gezicht dat Dennis eraan komt. Ze ziet vuurrood. Ze slaat gauw haar ogen neer. Noah is al zo lang verliefd op Dennis. Volgens mij vindt hij haar ook leuk. Ik snap niet waarom het nog steeds niet aan is. Maar ja, tussen Dave en mij heeft het ook heel lang geduurd. Ik zag hem al tijdens de open dag van onze school en ik vond hem meteen een lekker ding. Als ik hem in de gang tegenkwam, viel ik zowat flauw van schrik. Eén keer stond hij vlakbij. We waren in de aula. 'Kijk eens naast je,' zei Puck. Daar stond hij, nog geen halve meter bij me vandaan. Ik liet bijna mijn colaglas uit mijn handen vallen.

'Ik moest eigenlijk trainen voor voetballen,' zegt Pim. 'Ik hoop wel dat het iets belangrijks is.'

'Super dat je het hiervoor hebt verzet,' zeg ik. 'Je wordt beloond.'

'De hele band wordt beloond,' zegt Puck, die blikjes cola van binnen heeft gehaald.

'Zullen we beginnen?' zegt Dennis. 'Ik heb haast.'

'Kiki is er nog niet,' zeg ik.

Een paar minuten later komt ze aanrijden.

'Oké,' zeg ik. 'We hebben deze afspraak ingelast omdat er iets moet gebeuren met de band.'

'Ja,' zegt Puck. 'We moeten doorbreken.'

'Gaan we doorbreken?' Kiki ploft hijgend op de grond neer.

'Ja,' zeg ik. 'Als ons plan lukt.'

'Het móét lukken,' zegt Puck.

'Jullie maken me wel nieuwsgierig,' zegt Pim.

'Daar gaat-ie dan.' Puck kijkt naar mij. 'Mag ik het vertellen?'

'Sure,' zeg ik.

'We gaan het groot aanpakken, jongens,' begint Puck. 'We gaan ervoor zorgen dat miljoenen boys en girls onze band leren kennen.'

'Zeker reclame maken op Hyves,' zegt John. 'Forget it, dat probeert iedereen.'

'Niks Hyves,' zegt Puck. 'YouTube, daar gaan we op.'

'YouTube? Daar staan mega veel filmpjes van bands op,' zegt Kiki. 'Je wordt er moe van. Niemand kijkt meer. Echt een zinloze actie. Sorry, moest ik daarvoor komen?'

'Luister nou,' zeg ik. 'We gaan iets heel mafs doen. We moeten opvallen, dat zei de manager van De Blauwe Stoep vanmiddag ook. We gaan een super swingend nummer filmen. Maar dan met een bekende soapie erbij.'

'Heb je die dan?'

'Die vragen we.'

'Dat doen ze nooit,' zegt Dennis. 'Je gaat als bekende soapie toch geen reclame maken voor een bandje waar niemand nog van heeft gehoord? Dat zou ik zelf ook niet doen.'

'Maar als Melanie het vraagt, doen ze het misschien wel. Marius Gottlieb bijvoorbeeld, of Ruud Feltkamp.'

'Melanie?' zegt Kiki. 'Moet Melanie dat doen?'

'Ja, daar hebben we jou voor nodig,' zeg ik. 'Jij moet zorgen dat ze een goed woordje voor ons doet.'

'Ja, lekker.'

'Of is het uit?' vraagt Puck.

'Nee,' zegt Kiki. 'Het is juist hartstikke aan.'

'Nou dan.'

'Ja, Kiki, doe het voor de band,' zegt Pim.

'Daar moet ik wel even over nadenken,' zegt Kiki. 'We kennen elkaar nog maar kort. Ze moet niet denken dat ik haar daarvoor gebruik, snap je.'

'Zoiets zou jij toch nooit doen,' zegt Noah.

'Nee, maar dat weet Melanie niet. Ze wordt gek van al die gasten die iets van haar willen. Echt, hoor. Dat is heel lastig als je bekend bent. Ineens heeft iedereen bij haar in de klas gezeten. Zogenaamd dus. En dan begin ik ook nog eens.'

'Kiki, dit kan onze redding zijn. Ik bel zelf wel naar die soapies,' zeg ik. 'Als Melanie maar een goed woordje voor ons doet.'

'Als ik het haar toch moet vragen, kan zij beter bellen.'

'Dus je doet het!' zeg ik.

We vallen Kiki blij om de nek.

Puck werpt iedereen een blikje cola toe. 'Proost!' zegt ze en ze maakt haar blikje open.

'Niet te vroeg juichen, hè,' zegt Kiki. 'Ik moet het nog vragen. Misschien wil ze het wel helemaal niet.'

Na het avondeten ga ik meteen naar boven. Het is één minuut voor zeven, ik ben net op tijd. Ik klik Hyves aan en log in.

Laura: Ha, Britt. Goed dat je er bent.

Britt: Hoe ging het?

Laura: Ik heb het eerlijk gezegd.

Britt: Was hij een beetje lief?

Laura: Ik weet het niet, hij praatte eroverheen. 'Heb je het nou gehoord?' vroeg ik. Hij knikte wel.

Britt: Super! Stoer, hoor. Powergirl!

Laura: Nou nog zien of hij zich eraan houdt.

Britt: Natuurlijk wel, of denk je van niet?

Laura: Ik twijfel, stom hè?

Ik zit gezellig met Laura te hyven. Ik heb haar over Dave verteld, en hoe stom het van me was dat ik zomaar met hem zoende, terwijl hij nog met Noah ging, mijn beste vriendin. Laura reageerde heel lief. Ze weet ook van mam en Geitensok. Ik voel me heel vertrouwd met haar en zij met mij. Terwijl we elkaar nog maar zo kort kennen.

Ik heb zo'n zin om haar op de set te zien. Na afloop gaan we samen wat drinken, dat hebben we al afgesproken.

We zijn nog druk aan het hyven als Lucas mijn kamer in komt. Dat is waar ook, ik heb met hem afgesproken. Ik log snel uit.

'Deur dicht!' sis ik tegen Lucas. 'Mama mag niet weten wat we doen.'

Ik heb vanmiddag al op de site van het tv-programma gekeken. Ik heb hem onder mijn Favorieten gezet en klik de link aan. 'We moeten zeggen wat voor man we voor mama willen. Hoe hij ongeveer moet zijn.'

'We moeten toch eerst onze namen invullen,' zegt Lucas, die de site ook heeft bestudeerd.

'Ja, dat heb ik al gedaan toen jij en mama boodschappen deden. Anders redden we het niet, want straks moet jij naar bed. Hier staat het, ik heb alles ingevuld. Zie je wel? Alleen dit stuk, dat moeten we samen doen.'

'Heb je wel gezegd dat jij filmster bent?'

'Ja.' Ik moet lachen. Eerst wilde ik het er niet bij zetten. Het heeft er toch niks mee te maken? Maar Lucas denkt dat we dan meer kans hebben om te worden uitgekozen.

'Hoe wil jij dat die man is?' vraag ik.

'Hij moet bruine krullen hebben,' zegt Lucas, 'en niet zo dun zijn, omdat hij van snoepen houdt. Vooral van chocola, dan krijgen wij ook lekker veel snoep.'

'Dat bedoelen ze niet,' zeg ik. 'Het gaat er niet om hoe hij eruitziet. Maar om wat voor type hij is.'

'Hij moet met ons naar McDonald's gaan,' zegt Lucas.

'En in de vakantie naar Australië,' zeg ik.

'En hij moet van grapjes houden,' zegt Lucas. 'Niet zo'n serieuze man als Geitensok.'

'Help,' zeg ik, 'alsjeblieft niet. We moeten met hem kunnen lachen.'

'En als we van mama iets niet mogen, moet hij zorgen dat het toch mag,' zegt Lucas.

'En hij moet een auto hebben en met ons naar zee gaan,' vul ik aan.

'En dan heel hard het water in rennen,' zegt Lucas 'en mij in de golven gooien.'

'En zich door ons laten onderduwen,' zeg ik.

'En hij moet mooie schilderijen maken,' zegt Lucas.

'Ja, dat zou ik ook wel willen,' zeg ik. 'Dan kan ik langs zijn atelier gaan en theedrinken en alles vertellen. Net als vroeger. En dat hij me altijd begrijpt en nooit iets raar vindt, wat ik ook vertel. En dat hij me kan troosten als ik verdrietig ben.'

'Hij moet heel lief zijn,' zegt Lucas. 'Net zo lief als...'

Ik zie de tranen in mijn broertjes ogen. Zelf moet ik ook opeens huilen. Alles wat we hebben bedacht, lijkt op papa. Het atelier waar ik vaak heen ging; de grapjes die hij maakte; en de chocola waar hij zo dol op was.

'Ik wil papa terug,' snikt Lucas.

Ik sla een arm om mijn broertje heen en druk hem tegen me aan. Het dringt ineens tot ons door: wie we ook vinden, hij zal nooit zo zijn als onze papa. Waarom moest hij ook zo nodig in Japan gaan wonen? Was hij Yahima maar nooit tegengekomen, dan was hij nog hier.

'Stom.' Lucas veegt zijn tranen weg.

Ik haal voor ons alle twee een glaasje water. Dan neem ik de laptop op schoot. 'We moeten wel wat invullen,' zeg ik.

'Het mag geen stommerd zijn,' zegt Lucas.

'Dat schrijf ik niet op, hoor,' zeg ik. 'Dat kan toch niet.'

'Eigenlijk kan het me niet schelen,' zegt Lucas. 'Papa komt toch niet terug.'

'Ik weet het al,' zeg ik en ik begin te typen. 'Het moet een lieve man zijn die bij onze moeder past.'

'Geitensok past bij mama,' plaagt Lucas.

'Nee! Zo een niet, ik kil je!'

Gelukkig lachen we weer, maar dan kijkt Lucas me heel ernstig aan. 'Past papa bij mama?'

Ik haal mijn schouders op.

'Ze hadden wel vaak ruzie,' zegt Lucas.

Ik knik. 'Maar ze pasten wel bij elkaar.'

'Wel, hè?'

We kijken elkaar aan. We weten heus wel dat het niet zo was, maar we willen het zo graag geloven.

'Ik wou dat papa weer hier woonde, bij ons en mama,' zegt Lucas. 'En dat ze weer verliefd waren.'

'Dat kan niet,' zeg ik. 'Maar je mag het wel wensen.'

'Als ik een klavertjevier vind, dan wens ik het,' zegt Lucas.

'Ik wens het ook,' verzucht ik. 'Misschien is het wel mijn grootste wens.'

'Wil je het nog liever dan beroemd worden?' vraagt Lucas.

Ik denk even na. 'Ja,' zeg ik. 'Ik geloof van wel.'

'En Dave dan? Wat wil je liever? Dat je met Dave gaat of dat papa en mama weer verliefd zijn?'

'Jeetje, wat een stomme vraag,' snauw ik.

'Zeg het dan!' dringt Lucas aan.

Ik schrik, want ik weet niet wat ik moet kiezen.

'Je móét kiezen,' zegt Lucas. 'Ik wil het het allerliefst.'

'Ook als je dan geen vriendjes meer hebt? Ruben, bedoel ik?'

Lucas knikt. Ik kijk naar mijn broertje. Hij heeft er alles voor over dat het ooit goed komt tussen pap en mam. 'Nou? En jij?' Hij kijkt me aan.

Ik moet huilen. Waarom vinden we het toch zo verschrikkelijk belangrijk? Het allerbelangrijkst in ons leven?

Van welk beroemd koppel ben jij fan?

- ♡ Brad Pitt & Angelina Jolie.
- ♣ Willem-Alexander & Máxima.
- ◇ Britt & Dave natuurlijk!
- ♠ Justin Bieber & mezelf. ☺☺☺ Zucht… SO CUTE!
- ☆ De modeontwerpers Viktor & Rolf.

Uitslag

◇ Dat zijn super sterren! En zooooo sexy! Zou je zelf ook zo famous en beautiful willen zijn?

♣ Het beroemdste stel van Nederland. Wie wil er nu niet stiekem een prinses zijn…? ☺ Eigenlijk is het ook wel een beetje boring; lintjes doorknippen en maar lief lachen. Prinsessen mogen nooit eens lekker idioot doen, scheten laten of gewoon chagrijnig zijn. ☹

◇ Vet cool! Ik ook!!! Deze toekomstige moviestars maken binnenkort hun debuut in Rogiers vlucht. ☺

♠ Super! Jij en je secret love zijn natuurlijk je eigen favorieten! ☺

☆ Jij bent vet trendy! Als je zelf kunt beslissen wat hip is en wat niet, zie je er altijd SUPER uit!

Geplaatst door: Britt | Reacties (0)

5

Ik word wakker van Lucas, die mijn kamer in komt. Hoe laat zou het zijn? Ik kijk op mijn wekker. Halfzeven.

'Ga weg, Lucas, ik hoef nog lang niet op,' kreun ik slaperig.

'Ik droomde dat je me liet stikken,' zegt Lucas.

'Waarmee dan?'

'Met het tv-programma. Je deed ineens niet meer mee en toen moest ik helemaal alleen voor de televisie. Het was hartstikke eng.'

'Jij droomt wel heel gemeen over mij,' zeg ik. 'Zo ben ik toch niet? Als ik iets beloof, doe ik het altijd.'

'Zweer dan.'

'Jemig.' Ik steek twee vingers in de lucht.

Lucas zucht opgelucht en huppelt mijn kamer uit.

'Doe nou even rustig!' roep ik hem na.

Maar Lucas is helemaal door het dolle heen. We hebben geluk dat mam er niet bij is met haar gedachten. Anders zou ze argwanend worden en zich afvragen wat we aan het doen zijn. Wacht maar, als we een leuke man voor haar hebben, hoeft ze niet meer zo te piekeren.

Tijdens het ontbijt zie ik mam ineens naar Lucas kijken. Help! Ze heeft toch niks in de gaten, hè?

'Wat heb je, jongen? Je bent zo druk.'

'Niks,' zegt Lucas.

'Jawel, ik ken mijn zoon toch. Je kunt het me beter vertellen, want ik kom er toch achter.'

'Ik heb niks,' zegt Lucas.

Dat heb je nou van dat drukke gedoe. Wat is het toch een kleuter. Zo meteen verraadt hij ons nog. Als mam erachter komt, kunnen we ons plan wel vergeten.

'Lucas is verliefd,' zeg ik. 'Daarom doet hij zo.'

'Dat moet je niet verklappen,' zegt Lucas zogenaamd boos.

Mam trapt erin. 'Ik vraag nergens meer naar,' lacht ze.

Ik ben meteen opgelucht, maar als ik even later op de fiets zit, schiet ik in de stress. Zo meteen bazuint Lucas ons plan over het hele schoolplein rond. Die kleintjes vertellen alles thuis en dan komt mama het nog te weten. Zal ik hem bellen? Had hij maar een mobieltje. Ik bel het nummer van thuis.

'Hi mam, is Lucas nog in de buurt?'

'Ja, hij is boven.'

'Mag ik hem even?'

'Wat moet je met Lucas?'

Ik hoor mams verbazing. Logisch, ik bel mijn broertje nooit op.

'Hij is zo verliefd,' zeg ik. 'Hij weet niet hoe hij het moet aanpakken. Ik heb ineens een super tip voor hem.'

'Toch niet te bijdehand, hè?' zegt mam bezorgd. 'Het is nog maar een jochie.'

'Nee, het is grappig. Niks tegen Lucas zeggen, hoor,' zeg ik nog.

'Nee, ik hou mijn mond.'

'Lucas, Britt voor jou,' hoor ik mam roepen.

'Hi,' zegt Lucas even later.

'Ik wou even zeggen dat je niks op school moet vertellen. Ook niet aan Ruben.'

'Jij hebt het toch ook aan Puck en Noah verteld?'

'Ja,' zeg ik, 'maar die houden hun mond tegen mama. Als Ruben het weet, vertelt hij het tegen zijn moeder en die kent mam heel goed.'

'Oké,' zegt Lucas.

'Echt niet doen, hoor. Als mam erachter komt, kunnen we ons plannetje wel vergeten.'

Lucas heeft wel gelijk. Ik heb het zelfs op mijn blog gezet. Maar dat lezen alleen mijn fans. Mam ziet dat niet en haar vriendinnen bekijken echt mijn weblog niet.

Als ik ophang, zie ik Puck in de verte staan.

'Hing je nu alweer met je geliefde aan de lijn?' plaagt Puck.

'Nee, met mijn broertje. We hebben ons gisteravond opgegeven voor dat tv-programma.'

'Vet,' zegt Puck.

'Denk jij dat er veel deelnemers zijn?' vraag ik.

'Mega,' zegt Puck. 'Je moet zorgen dat je opvalt, dan pikken ze je eruit.'

'Ja, ik heb wel geschreven dat ik een rol heb in de film.'

'Zoiets dus,' zegt Puck. 'Dan maak je meer kans.'

'Waarom kijk je zo naar me?' vraag ik als Puck me aanstaart.

'Ik dacht dat je het alleen voor Lucas deed,' lacht Puck.

'Maar zo te zien wil je het zelf ook heel graag.'

'Vind je het gek? Mijn moeder heeft geen smaak. Zo meteen komt ze weer met een of andere loser aanzetten, dank je wel.'

'Ik vind het gaaf dat jullie het doen,' zegt Puck. 'Dat wordt echt lachen. Mag ik helpen uitzoeken? Je krijgt vast allemaal brieven waar je uit moet kiezen.'

Dat lijkt mij inderdaad vet moeilijk. We krijgen natuurlijk ook foto's te zien. Erger dan Blok kan het niet zijn. Dat mam daarop valt.

Puck geeft een rukje aan mijn stuur. 'Waar zit jij met je slaaphoofd? Ik zei dat we vandaag naar de grafische school gaan. Ze hebben op dezelfde tijd pauze als wij. Ik heb het op hun site gecheckt.'

'Je wilt toch niet in de pauze gaan?'

'Ja, juist wel,' zegt Puck. 'Ik heb geen zin om de hele dag te wachten.'

'En als hij nou niet buiten is?'

'Dan lopen we de aula in,' zegt Puck doodleuk.

Ja, echt Puck weer. Ik zie mezelf nog niet zo gauw een aula vol vreemden binnenlopen.

Als we uit het fietsenhok komen, lopen Dave en Wouter naar ons toe.

'Hoe is het, schoonheid?' vraagt Wouter aan Puck.

'Prima,' lacht Puck. 'Zolang jij bij mij uit de buurt blijft, gaat het goed.'

'Zullen wij in de pauze onze scène oefenen?' vraagt Dave. 'Ik ken mijn rol.'

'Liever na schooltijd,' zeg ik, 'of vanavond.'

'Dan kan ik niet,' zegt Dave. 'Ik moet bij Shooting Star ons filmpje doornemen voor YouTube. Weet je zeker dat je niet mee wilt doen? We kunnen er zo een rolletje tussen zetten.'

'Dat krijg ik er nooit door bij mijn moeder,' zeg ik.

'Jammer.' Dave pakt mijn hand. 'In de pauze?'

'In de pauze kan ik niet,' zeg ik. 'Ik heb een belangrijke afspraak met Puck.'

'Ja,' zegt Puck. 'Je pikt haar niet af, hoor. Ik heb haar nodig.' Ze slaat een arm om me heen. 'Britt moet me supporten bij een zeer belangrijke klus.'

'Ja, Puck heeft een leuke boy gespot,' lach ik.

'Heb ik iets gemist?' vraagt Dave.

'Jij luistert ook nooit naar mij, hè?' zeg ik en ik geef Dave een klap met mijn agenda op zijn hoofd. 'Ik heb het je pas nog verteld.'

'Ik kan al die love stories van jullie niet onthouden,' zegt Dave. 'Ik herinner me vaag iets over een gast uit De Blauwe Stoep.'

'Niks "gast". Michael heet hij,' zegt Puck dromerig.

'Dat meen je niet!' roept Wouter. 'Michael van der Plas?'

Puck knikt.

'Die ken ik,' zegt Wouter. 'Die zat bij ons op basketbal. Topgozer. Wij baalden dat hij er al weer zo snel af ging.'

'Zie je nou?' zegt Puck tegen mij als we naar binnen lopen. 'Wouter vindt hem een topgozer. Ik ben toch niet gek. Ik dacht het meteen toen ik Michael zag: die moet ik hebben.'

'Opschieten!' roept Puck. 'De brug!'

Ik zie het ook, de brug gaat dicht. We trekken een sprintje en schieten nog net onder de slagbomen door, de brug over. Hoe dichter we bij de grafische school komen, hoe meer ik ertegen opzie. Het lijkt me helemaal niks om een aula vol wildvreemden in te gaan. Maar Puck wil het per se.

'Rookt die gast?' vraag ik.

'Geen idee,' zegt Puck. 'Hoezo?'

'Dan staat hij buiten te paffen en hoeven we die school niet in.' Ik denk na, maar ik herinner me zelf ook niet dat ik hem met een sigaret heb gezien.

Als we bij het schoolplein aankomen, kijk ik goed rond. Er staan bijna alleen maar boys. Ik ben totaal niet geïnteresseerd. Sinds ik Dave heb, kijk ik nooit naar een ander. Hij is zo helemaal mijn hunk!

We hebben nog geen drie stappen op het plein gezet of Puck knijpt in mijn hand. 'Help! Daar... daar staat hij!'

Nu zie ik hem ook.

Ik kijk naar Puck. Ze ziet eruit alsof ze flauw gaat vallen.

'Wat is hij knap!' verzucht ze. 'Kom op, we gaan naar hem toe.'

Ik voel me best raar als we het plein op lopen. Eigenlijk ben ik veel te verlegen voor zoiets, maar ik doe het voor Puck. Niemand gelooft het dat ik zo verlegen ben, omdat ik wel in de film durf te spelen. Maar dat is heel anders. Dan speel ik een ander.

'Michael!' roept Puck als we bijna bij het groepje zijn.

Hij draait zich om en kijkt haar aan.

'Ken je ons nog?' vraagt Puck.

Michael moet even nadenken.

'Crazy Ontbijtkoek,' zegt Puck.

'De band is van Puck,' zeg ik.

'O ja!' zegt hij. 'Ik herinner het me weer. Jullie zaten in het voorprogramma van Crush, toch?'

'Klopt,' zegt Puck. 'Vond je ons optreden goed?'

'Vet.' Hij lacht.

'Ze komen vast vragen of je in hun band wil,' zegt een jongen die naast Michael staat. 'Hij is super muzikaal. Hij kan heel goed jodelen.'

'Heel grappig,' zegt Puck. 'Maar daarvoor komen we niet. We zijn op zoek naar iemand die het artwork voor de band wil ontwerpen, voor de website.'

'Hoe kom je aan mij?' vraagt hij verbaasd.

'Eh, die Surinaamse vrouw die bij De Blauwe Stoep werkt, noemde jouw naam. Ik dacht: nou, ik vraag het gewoon. Je weet maar nooit.'

'Hij is mega duur,' zegt de andere jongen weer. 'Je kunt beter mij nemen. Ik doe het voor de helft van de prijs.'

'Ik denk toch echt dat we Michael bedoelen,' zeg ik.

'Mij lijkt het wel gaaf. Zeg maar wat je wilt,' zegt Michael.

'Niet hier,' zegt Puck. 'Kom maar een keer langs in de studio.' Ze geeft hem haar nummer.

'Het moet wel heel snel,' zegt Michael. 'Over een paar weken ga ik stage lopen en dan heb ik geen tijd meer.'

'O, dus dan zijn jullie super druk.'

'Ik dan, hè?' zegt Michael trots. 'Die jongens daar heb-

ben nog geen stageplek gevonden.'
'Komt goed uit,' lacht Puck. 'Hoe eerder, hoe beter.'

Dat heb ik weer!

Durf jij zomaar op een boy af te stappen die je niet kent? Hoe maak je contact?

♡ Ik loop gewoon naar hem toe en zeg waar het om gaat. Eromheen draaien zorgt alleen maar voor misverstanden.

♣ Ik doe net alsof ik van mijn fiets val, zodat hij me komt redden. Misschien breek ik wel mijn been en neemt hij me achter op de fiets mee naar de Eerste Hulp. Dan ben ik meteen alleen met hem… ☺

◇ Ik durf niet met hem te gaan praten, want ik weet zeker dat ik dan ineens niet meer weet wat ik moet zeggen. Het is beter als ik alles opschrijf. In een brief of e-mail.

♠ Ik hoor eerst zijn vrienden uit (of dat laat ik mijn vriendinnen doen!). Dan weet ik een beetje waar ik aan toe ben, voor ik zelf met hem ga praten.

☆ Ik zoek hem op op MSN of Hyves. Als we daar eerst een beetje chatten, is het daarna makkelijker in het egt.

Geplaatst door: Britt | Reacties (0)

Uitslag

♡ Stoer hoor! Met jou weet hij meteen waar hij aan toe is. En jij weet ook wat je aan hem hebt, omdat je het gewoon vraagt!

♣ Jij houdt van romantiek! Net als in de film… Hopelijk pakt je plannetje goed uit en springt er niet een maffe leraar tussen, die je naar het ziekenhuis brengt. Dan heb je een gebroken been en nog steeds geen gesprek met die boy… ☹

♢ Als je het opschrijft, kun je rustig nadenken over wat je wilt zeggen of vragen. Wel spannend dat je dan moet wachten tot hij antwoord geeft. Misschien duurt dat wel een paar dagen en zit jij vet in de zenuwen!

♠ Als je weet wat hij interessant vindt, heb je meteen iets om over te praten. Smart! Ik hoop wel dat zijn friends hem goed kennen, anders schiet je er nog nix mee op…

☆ Lekker veilig, eerst vrienden worden via de chat. Dan ken je hem al een beetje. Suc6!

XXXjes

6

Ik heb me samen met mijn broertje opgegeven voor *Gezocht: leuke man voor onze moeder*. Ik hoop zo dat we worden uitgekozen. *** spannend*** Allemaal kijken hoor, als we worden uitgekozen. Duim voor me!
x Britt

Geplaatst door: Britt | Reacties (1)

Reactie van Kelly

Hi Britt,
Stoer dat je dat durft. Maar ja, jij bent ook filmster. Ik zou geen woord durven zeggen en alleen maar zitten bibberen voor de camera. Maak er ff een vet testje over. Ook goed tegen de stress.
Love Kelly

67

Zou je mee durven doen aan een tv-programma?

♡ Ja, cool! Misschien word ik wel ontdekt. ☺

♣ Nee, nooit! Ik vind het al vervelend om naar mezelf in de spiegel te kijken. Op tv zou ik echt niet durven!

◇ Ik zou het super scary vinden, maar toch doen. Gewoon om het een keer meegemaakt te hebben.

♠ Samen met mijn BF zou ik het wel durven…

☆ Alleen als ik een vette make-over heb gehad, zodat niemand me kan herkennen.

Uitslag

♡ Jij bent nergens bang voor! Ik denk dat we jou nog weleens terug zullen zien in een soap of bij een talentenjacht. ☺

♣ Gelukkig hoef je helemaal niet op tv. Maar een beetje meer zelfvertrouwen mag wel. Probeer elke keer dat je in de spiegel kijkt iets moois aan jezelf te ontdekken...

◇ Stoer! Je zult zien dat je mega veel fun hebt.

♠ Samen sta je sterk! Jij en je BF zijn echt SBFF (Super Best Friends Forever)!

☆ Daar zijn speciale programma's voor. Maar ja, dan word je misschien juist wel weer herkend...

Geplaatst door: Britt | Reacties (1)

Reactie van Jasper

Ik zie het al helemaal voor me. Jij daar op het podium met je broertje, met de camera op je gericht. En als je dan in de zaal kijkt, wie zie je dan op de voorste rij zitten? Juist, je Jaspertje. Fijn, hè? Ik gooi kushandjes naar je op en na afloop til ik je van het podium en dan zwier ik je door de zaal in het rond. Het lijkt me heel spannend wat je gaat doen, maar zodra je in mijn armen bent, is alle stress over, darling. Ik ga meteen bellen, anders is de zaal al vol.
Je trouwe Jaspertje

Ik word nu al misselijk bij de gedachte. En ik zie het Jasper zo doen, die gek. Had ik maar niks gezegd. Het idee dat die eikel in de zaal zit, dat overleef ik niet.

Lucas komt mijn kamer in. 'En, heb je al iets gehoord?'

'Lucas, please, ik heb sinds ik thuis ben al drie keer mijn mail voor je gecheckt. Het kan dagen duren voor we antwoord krijgen. Misschien wel weken.'

Ik zie Lucas' teleurgestelde gezicht.

'Ik wil het zo graag,' zegt hij. 'En papa vindt het ook super.'

'Wat schreef hij?'

'Dat hij heel trots op ons is omdat we dat durven. Hij zal niks tegen mama zeggen.'

Mijn mobieltje gaat. Het is Dave. Ik wenk Lucas dat hij mijn kamer uit moet en neem op.

'Hi schatje, met mij. Ben je al klaar met jullie filmpje? Dan kunnen we nog even oefenen.'

'Nee,' zegt Dave. 'We zijn nog wel even bezig. Maar ik heb Melanie verteld over dat tv-programma. Wil je serieus meedoen?'

'Ja, hartstikke graag. En Lucas helemaal.'

'Je moet het honderd procent zeker weten, want Melanie kent Robert ten Brink, de presentator van het programma. Ze wil hem voor je bellen. Hier is ze zelf even. Kus, hè?'

'Hi Britt, met Melanie. Dave vertelde me van je plan. Wat een slim idee! Als je het echt zeker weet, wil ik Robert ten Brink zo voor je bellen. Ik denk dat het wel helpt. Ik ken hem van de studio. Als wij er zijn voor onze soap, is hij er ook altijd. Ik mag hem super graag en hij mij ook. Het is een heel aardige vent.'

Ik voel dat ik tril. Het komt opeens zo eng dichtbij. Stel je voor dat het lukt?

'Dus wil je dat ik hem bel?' vraagt Melanie.

'Graag,' zeg ik. 'Nu meteen?'

'Ja,' zegt Melanie. 'Je hoort het zo wel. Ik weet niet of ik hem aan de lijn krijg, maar anders spreek ik zijn voice-mail in. Komt goed. Bye!'

Trillend hang ik op. Ik ren Lucas' kamer in. 'Melanie kent Robert ten Brink, de presentator. Ze gaat een goed woordje voor ons doen.'

'Joepie!' Lucas vliegt me om de nek.

'We weten het nog niet zeker, hè,' zeg ik.

'Britt!' hoor ik mama roepen. 'Wil je me even helpen met tafeldekken?'

'Ik kom eraan!' roep ik vrolijk en ik huppel zowat de trap af.

Mam zal wel denken! Meestal mopper ik als ik een werkje moet doen, maar nu vind ik alles prima. Wel aardig van Melanie trouwens. Als ze dit zo makkelijk doet, wil ze vast ook wel haar best doen voor ons You-Tube-filmpje. We hebben nog niks van Kiki gehoord. Puck wilde al bellen, maar ik heb gezegd dat we het even moeten laten rusten. Ik ken Kiki. Je moet haar niet opjagen, want dan krijgt ze de pest in en dan doet ze het helemaal niet meer.

'Vier borden,' zegt mam als ik naar de kast loop.

'Hoezo?'

'Gerard komt eten.'

Help! Geitensok komt. Wat een bizar idee. Wij zijn bezig een man voor mam te zoeken en dan zit hij hier straks.

Ik ben net klaar met de tafel als mijn mobieltje gaat. Een onbekend nummer! Ik schiet de trap op mijn kamer in. 'Met Britt.'

'Dag Britt, je spreekt met Robert ten Brink van het programma *Gezocht: leuke man voor onze moeder*.'

Ik sta als versteend in mijn kamer. Hij is het echt. Ik heb Robert ten Brink aan de lijn!

'Hallo, ben je er nog?'

'Eh… ja, hi.' Ik doe de deur van mijn kamer dicht.

'Melanie vertelt me net dat jij en je broertje mee willen doen aan ons programma.'

'Eh… klopt,' krijg ik er met moeite uit.

'Het toeval wil dat ik van Fred de Reus, onze regisseur, hoorde dat er nog plek is voor de komende screentest. Hij zou jullie zo in kunnen plannen.'

'Echt waar?' Mijn hart bonkt in mijn keel.

'Ja, dat je acteerervaring hebt, spreekt me heel erg aan. Dat is natuurlijk super voor ons programma. Er is alleen één probleem,' zegt hij. 'Jullie moeder heeft nog een vriend, tenminste dat begreep ik van Melanie.'

'Ja, maar hij gaat weg,' zeg ik. 'Hij vertrekt naar Maastricht. En dan is het uit, finito.'

'Is dat zeker? We kunnen natuurlijk niet hebben dat jullie iemand hebben gevonden voor haar terwijl die man er nog is. Dan hebben we een groot probleem. De mannen die op ons programma afkomen zijn heel serieus.'

'Het is heel zeker,' zeg ik. 'Het gaat uit.'

'Heeft je moeder dat bevestigd?'

'Ze wil er niet over praten, ze durft het niet. Zo erg vindt ze het. Daarom zoeken we juist een andere man voor haar.'

'Aha, op die manier. Dan kunnen we het in werking zetten.'

'Dus we mogen meedoen aan de test?' Ik roep het bijna.

'Ja,' zegt Robert. 'Ik laat het verder aan Fred over. Hij stuurt jullie een bevestiging van wat we nu hebben afgesproken. En iemand van de redactie zet alle afspraken voor je op een rijtje. Dat is het zo'n beetje. Eens even kijken, heb ik alles gehad? O ja, hij heeft toestemming van je moeder nodig.'

'Dat kan niet,' zeg ik. 'Dat doet ze nooit en ze mag het ook niet weten. Ze zou het er helemaal niet mee eens zijn.'

'Britt, je bent minderjarig. We moeten een handtekening van een van je ouders hebben.'

'Mijn vader,' zeg ik. 'Mijn vader tekent wel. Hij weet ervan en is het er helemaal mee eens. Alleen woont hij in Japan.'

'Dat maakt niks uit. Het gaat toch via de mail. Mag ik het mailadres van je vader?'

'Eh...' Van schrik weet ik paps mailadres niet meer.

'Stuur het Fred anders maar, zodra je zijn mailtje hebt ontvangen. Ik hoop dat we elkaar over een poosje in de studio zien.' Dan hangt hij op.

Ik sta met mijn mobieltje in mijn handen. Ik kan het niet geloven. Is dit waar? Ik heb met Robert ten Brink gesproken. Hij belde op mijn mobieltje!

'Lucas!' roep ik.

Hij stormt mijn kamer in.

'Robert ten Brink belde. We mogen meedoen aan de screentest.'

'Yes!' roept Lucas opgewonden.

We dansen met de armen om elkaar heen door mijn kamer. We merken niet eens dat mam in de deuropening staat. Ik schrik als ik haar zie. Ze zal toch niks hebben gehoord?

'Ik roep maar en ik roep maar,' zegt ze lachend.

Zo te zien heeft ze niks gehoord.

'Gerard is er,' zegt ze. 'We gaan gezellig eten.'

Na het eten ga ik meteen naar boven. Ik log in op Hyves. Laura is er al.

Britt: Hi.

Laura: Ik ben helemaal desperate.

Britt: Wat is er gebeurd?

Laura: Het heeft dus niks geholpen.

Britt: Jullie gesprek, bedoel je?

Laura: Ja, we waren op mijn kamer. We hadden gezoend en ineens... Ach, zo waardeloos. Hij ging met zijn hand... Ik wil dat nog niet.

Britt: Wat zei je?

Laura: Ik werd kwaad en heb hem eruit gezet. Hij heeft al tien sms'jes met 'sorry' gestuurd. Wat heb ik daar nou aan? Hij luistert gewoon niet.

Britt: Balen. Wat ga je nu doen?

Laura: Ik kap ermee.

Britt: Echt?

Laura: Ja.

Britt: Dapper van je. Je hebt groot
gelijk. Hij respecteert je niet.

Laura: Ik voel me wel sad.

Britt: Logisch, maar ik vind het super sterk van je.

Laura: O, hij belt. Ik zie je morgen op de set! Doei!

Balen voor Laura. Ik snap hoe ze zich voelt. Zo zou Dave nooit doen, dat weet ik zeker. Ik heb de vriend van Laura nooit gezien, ook geen foto, maar het lijkt me een mega eikel. Je moet elkaar toch kunnen vertrouwen? Stel je voor dat het in zijn huis was gebeurd, dan was hij misschien wel doorgegaan, tegen haar zin in. Als je een beetje spoort, wil je dat toch niet?

Puck belt.

'Hi,' zeg ik.

'Gefeliciteerd!' roept Puck.

'Waarmee?'

'Nou, wat denk je? Crazy Ontbijtkoek… YouTube…'

'Wat? Heeft Kiki…'

'Ja, Melanie doet het. Ze gaat een super populaire soapie voor ons zoeken. Ze vindt alles best, als ze het zelf maar niet hoeft te doen.'

'Wow!' Ik dans met het mobieltje tegen mijn oor aan door mijn kamer.

'Dit is onze kans, Britt. Crazy Ontbijtkoek gaat doorbreken.'

74

'O, Puck! Ik heb zo'n zin om naar je toe te gaan en het te vieren. Maar het is acht uur. Mam krijgt een aanval als ik nu nog wegga.'

Dat heb ik weer!

Wat doe je als je boyfriend verder wil gaan dan jij?

♡ Dan praten we erover. We begrijpen elkaar altijd heel goed, dus hier zullen we samen ook wel uit komen.

♣ Ik maak het uit. Super sad natuurlijk, maar als hij meer wil dan ik, kan ik hem toch niet op andere gedachten brengen. ☹

◇ Ik doe wat hij wil. Eigenlijk ben ik er nog niet aan toe, maar voor mijn big love doe ik alles…

♠ Ik doe een tegenvoorstel. Ik ben nog niet toe aan wat hij vraagt, maar misschien kunnen we samen wel iets anders bedenken?

☆ Ik vraag mijn friends wat zij vinden dat ik moet doen en dan volg ik hun advies op.

Uitslag

♡ Super! Jullie hebben een toprelatie!

♣ Wat jammer dat je het niet wilt proberen op te lossen, maar misschien waren jullie wel niet zo heel erg verliefd?

◇ Dat lijkt heel sweet, maar eigenlijk is het een beetje dom. Als je dingen doet die je eigenlijk niet wilt, ga je daar uiteindelijk van balen. Dan gaat je verkering waarschijnlijk toch uit en heb jij spijt… ☹

♠ Slim! Zo hoort het in een relatie, samen naar een oplossing zoeken.

☆ Leer voor jezelf te denken. Het is belangrijk om je eigen beslissingen te nemen over dit soort dingen. Je friends kennen je misschien wel goed, maar weten niet wat jij EGT wilt.

Geplaatst door: Britt | Reacties (0)

7

Mevrouw Engel draagt een gedicht voor. Niemand zit op te letten. Ik kijk naar Nick, die naar buiten zit te staren. Dat hoef je bij Geitensok niet te proberen.

Dit is voor vandaag mijn laatste lesuur. Ik word straks opgehaald door de chauffeur die me naar de set rijdt.

'Britt, hij is er!' roept Nick dwars door de voordracht van mevrouw Engel heen. 'Je chauffeur rijdt voor.'

Wat een mazzel dat hij zo vroeg is. Ik pak mijn spullen en sta op.

'Succes, Britt,' zegt mevrouw Engel.

Vandaag zie ik Laura voor het eerst. Het is net of ik haar al heel lang ken. Dave is nu met haar op de set. Hij zal haar ook aardig vinden. Eigenlijk is Dave ook best verlegen. Ik merkte dat hij het best eng vond Laura te zien. Hij moet ook heel close met haar spelen. Ze is zijn tweelingzus.

Ed, de chauffeur, houdt het portier al voor me open.

'Heb je er zin in?'

'Super,' zeg ik. 'Mag ik achterin? Ik wil mijn rol nog doorkijken.'

'Natuurlijk.'

Door dat gedoe met het tv-programma heb ik niet genoeg tijd gehad. Ik hoop trouwens niet dat de opname samenvalt met een draaidag op de set, want dan kom ik in de problemen.

'Daar ga je je nu toch niet druk om maken?' zei Dave. Hij heeft gelijk, het zou wel heel toevallig zijn. En als het zo is, zien we het dan wel weer.

'De opnames gaan super,' zegt de chauffeur en hij start de auto. 'Wat ik tot nu toe heb gezien. Vanochtend, bedoel ik.'

Gelukkig, Dave doet het dus goed, en Laura ook. Ik haal mijn script uit mijn tas.

'Ik zal je niet meer storen,' zegt Ed.

De eerste keer dat ik op weg was naar de set, kon ik echt niet rustig achterin mijn rol leren. Daar had ik helemaal de rust niet voor. Het was zo spannend! Nu ken ik iedereen al goed. De crew, de cast. Ik glimlach als ik daaraan denk.

Na een halfuurtje sla ik mijn script dicht.

'Ik ken het,' zeg ik lachend.

'Jij kent toch altijd je rol.' Ed geeft me een knipoog. 'Maar het komt goed uit dat je zover bent, want we zijn er.'

We stoppen in Haarlem ergens in de duinen. Vanuit de auto zie ik het decor. Ze hebben een soort grot nagemaakt, echt vet! Daar moeten Dave en ik zoenen. Ik heb geluk dat Dave mijn vriendje is. Ik zou het best heel moeilijk vinden om zomaar te kussen met een wildvreemde.

'Hi Britt.' Maria zwaait naar me zodra ik uit de auto

stap. Ze wenkt iemand en komt naar me toe. Ik herken meteen wie ze bij zich heeft, het is Laura.

'Jullie kennen elkaar nog niet, hè? Dit is Britt, ze speelt Anne en…'

'We kennen elkaar al van Hyves,' zeg ik. Ik kijk Laura aan en dan geven we elkaar een zoen. 'Goed je te zien!' Ik houd haar even vast. 'Gaat het?'

Ze slaat haar ogen neer. 'Je hoort het zo wel.'

Laura lijkt een beetje op Dave. Dezelfde mooie donkere ogen, maar daar is ze natuurlijk op gecast. Als tweelingbroer en -zus moeten ze wel op elkaar lijken. Ze is niet echt knap, maar wel heel leuk om te zien, met die kuiltjes in haar wangen en die sproetjes.

'Het is uit,' zegt Laura als Maria weg is.

'Heb je het uitgemaakt?'

'Gisteravond. Hij vond het heel erg. Hij beloofde nooit meer zo te doen, maar ik geloof hem niet. Dat zegt hij, maar over een paar dagen begint hij weer. Ik heb vannacht bijna niet geslapen. Zie je dat niet?'

'Welnee, je ziet er hartstikke goed uit.'

'Ik ben zo blij dat ik vandaag op de set ben, dan denk ik er tenminste niet aan.'

'Ging het goed?'

Laura knikt. 'Leuke boy, die Dave van jou.'

Ik zie Dave bij de kleedruimte staan en zwaai.

'Laura!' roept Maria. 'Je moet even naar Daisy. Je moet iets anders aan.'

Ik ga naar Dave toe. We kussen elkaar vluchtig.

'Leuke meid hè, Laura,' zeg ik.

'O eh… ja hoor, ze lijkt me aardig. Ze speelde voor het

eerst, maar het ging gelukkig super.'

Hij is hartstikke opgelucht, dat zie ik aan hem, maar ik zeg niks.

'Haar verkering is net uit,' zeg ik. 'Ze is een beetje desperate.'

'Niks van gemerkt,' zegt Dave.

'Britt, verkleden!' roept Gijs, de opnameleider. 'We lopen precies op schema.'

Ik trek mijn boerenkiel aan. Ik betrap mezelf erop dat ik toch baal dat ik er zo stom uitzie nu Laura er is. Zij heeft veel mooiere kleren aan, omdat ze uit een rijke familie komt, net als Rogier.

Die klompen van me... Nou ja, Dave vindt het altijd cute. Tenminste, dat zegt hij.

'O, gaaf!' zegt Laura, die binnenkomt. Ik zie dat ze het meent.

'Heb jij eigenlijk acteerervaring?' vraagt ze.

'Nee,' zeg ik eerlijk. 'Dit is mijn eerste film. En jij?'

'Ook niet veel. Ik heb ooit in een spotje gezeten. Dankzij mijn vader. Hij is filmer.' Ze noemt de films op die hij heeft gemaakt. 'Zelf wil ik ook naar de filmacademie,' zegt ze. 'Filmen is mijn grote passie. Ik help mijn vader vaak. Hij zegt dat ik talent heb.'

Ik denk meteen aan ons filmpje voor YouTube. Misschien wil ze ons wel helpen. Pim kent een jongen van voetballen die weleens filmde, maar het moet wel een beetje professioneel worden. Ik zal het eens met Puck bespreken.

Gijs steekt zijn hoofd om de deur. 'We gaan beginnen.'

Ik ren mijn kamer in en zet hijgend mijn webcam aan. Ik hoop niet dat ik te laat ben, pap baalt er altijd van als ik hem laat wachten.

Gelukkig, ik ben net op tijd, daar is hij.

'Hi pap.'

'Dag, lieverd.'

Ik moet lachen als ik paps gezicht zie. 'Haha, je bolle wangen zijn weg. Je kunt zeker niet goed met stokjes eten.'

'Dat komt door het sporten,' zegt pap.

Ja ja, pap en sporten. Hij moet zelf ook lachen.

'Gaat het goed met mijn meisje?' vraagt pap.

'Super,' zeg ik. 'Heb je nog een handtekening gestuurd naar ons tv-programma?'

'Wat denk je,' zegt pap. 'Het is helemaal in orde. Nou maar hopen dat jullie worden uitgekozen. Mama zal wel verrast zijn als ze het hoort,' zegt pap. 'Dat jullie zoiets voor haar doen, dat zal haar heel diep raken.'

'Ik hoop het,' zeg ik.

'O ja, daar denk ik nog vaak aan. Jullie moeder kan zo echt ontroerd zijn,' zegt pap. 'Als ik weleens iets voor haar meebracht, zomaar, dan was ze altijd zo blij. Dan stonden de tranen in haar ogen.'

Begint pap nu alweer over mam? De vorige keer ook al.

'Is Yahima dan niet blij als je haar verrast?' vraag ik.

'Jawel,' zegt pap, 'maar ze vindt het veel vanzelfsprekender. Jullie moeder kon zo echt verrast zijn. Maar vertel eens iets over jezelf, lieverd.'

'Ik heb er misschien een nieuwe vriendin bij,' zeg ik. 'Laura. Ik kende haar al van Hyves, maar nu was ze op de set. Ze speelt samen met Dave, ze is zijn tweelingzus. Maar ik ben totaal niet jaloers. Ze is zo aardig. Na de opnames hebben we samen nog iets gedronken. Dat hadden we afgesproken. Ze heeft het uitgemaakt met haar vriendje. Weet je waarom? Het ging haar veel te snel. Hij wilde van alles wat zij nog niet wilde. Dat heeft ze met hem besproken en toen probeerde hij het toch weer. Wat een loser, hè? Knap hè, dat ze het heeft uitgemaakt! Want ze is nog wel verliefd op hem. Echt een powergirl. En weet je wat gaaf is, pap? Ze wil ons filmpje maken voor YouTube. Haar vader is filmer en zij houdt er ook heel erg van. Dan wordt het echt goed. En nog iets, haar ouders hebben een huis op Bali. Daar gaan ze soms heen en ze vroeg of ik een keer mee wilde.'

'Dat zal wat kosten,' zegt pap.

'Nee, niks. Haar vader betaalt dan mijn ticket. Ze zijn heel rijk, want haar vader is een bekende filmer. Maar je merkt er niks van dat ze zo rijk is. Ze doet heel gewoon. Ik heb nog nooit een rijke vriendin gehad. Grappig, hè? Nu heb ik drie vriendinnen.'

'Wat leuk voor je, liefje, maar je moet haar nog wel leren kennen natuurlijk. Het kan nog tegenvallen, dat weet je niet.'

'Hoezo tegenvallen?'

'Nou, als je haar langer kent, bedoel ik. In het begin lijkt het vaak heel leuk, maar soms valt het tegen als je iemand langer kent.'

'Waarom zeg je dat nou? Je lijkt mam wel, die zegt ook altijd van die stomme dingen.'

'Ach ja.' Ik zie aan paps gezicht dat hij schrikt. 'Sorry, vergeet maar meteen dat ik dat heb gezegd.'

Mijn vader heeft weer wat nieuws, hoor. Eerst zei hij nooit iets @@rdigs over mijn moeder. Hij begon altijd meteen te bokken als ik het over mam had. Daarom zei ik maar niets meer over mam. Maar nu begint hij zelf over haar. Vandaag nog met skypen, en vorige keer ook al. En alleen maar lieve dingen. Raar toch?
B@@i Britt

Geplaatst door: Britt | Reacties (2)

Reactie van Sara
Hi Britt,
Ik denk dat je pa nu pas over de scheiding heen is, nu hij bijna weer vader wordt. Hij is vast heel happy met Yahima. Hij schaamt zich misschien, omdat hij altijd zo lelijk over je moeder heeft gepraat. En daarom zegt hij nu gauw aardige dingen over je moeder. Gewoon laten kletsen.
x Sara

Reactie van Kelly
Hi Britt,
Ik denk dat Sara gelijk heeft. Je vader is nu heel happy, zo vlak voor de bevalling. Hij voelt zich vast heel erg schuldig. Hij moet natuurlijk aan vroeger denken, toen je moeder van jullie ging bevallen. En toen waren ze nog in luv. Het slaat toch ook nergens op om tegen jou lelijk over je moeder te doen? Hij heeft haar toch ooit zelf gekozen? Volwassenen zijn zo crazy, je snapt er nooit iets van. Komt er trouwens weer een testje?
x Kelly

Volwassenen doen vaak crazy en onduidelijk. Wat ga jij later anders doen dan je ouders?

♡ Alles!

♣ Ik ga trouwen met mijn grote liefde, dus wij gaan geen ruzie maken of scheiden. Joepie! ☺

◇ Ik neem alleen maar één dochter. Wat heeft ze nou aan zo'n dom broertje? Een BF is genoeg!

♠ Mijn kids mogen ALLES. Lang leve de vrijheid!

☆ We gaan samen vet veel lol trappen. Mijn kids en ik worden BFF!

Uitslag

♡ Vind je je ouders ZO stom dat je helemaal nix hetzelfde wilt doen? Dat lijkt me VET moeilijk! ☹ Als je goed zoekt, kun je misschien wel één leuk ding aan ze ontdekken?

♣ Cool! Dat wil ik ook! Love rules! ☺☺☺

◇ Jouw broertje moet wel een super effer zijn. Zou je ook geen zusje willen?

♠ Vet! Dat wordt een gezellige bende bij jullie thuis...

☆ Super gezellig! Ik hoop dat je kids er ook zo over zullen denken...

Geplaatst door: Britt | Reacties (0)

http://www.dathebikweer.com

Dat is het dus, pap is super happy. Nu mam nog. Ik zie het helemaal voor me om een leuke man voor haar te scoren. Ik vraag me steeds af wat voor mannen zullen reageren. Stel je voor dat we ze allemaal niks vinden, wat dan?

Volgens Puck doen er alleen maar leuke mannen aan het programma mee. Ik hoop dat het waar is. Maar ik zie Geitensok in elk geval niet meedoen.

'Wat is er met jou?' vraag ik als Lucas met een angstig gezicht mijn kamer in komt.

Lucas haalt zijn schouders op. 'Ik ben zo bang dat we niet worden uitgekozen.'

'Dat ga je toch niet denken? Je moet juist het omgekeerde denken, je moet juist denken dat je gaat winnen. We gaan ervoor, dan lukt het heus wel.'

'Ja, maar jij bent goed, jij kunt het. Ik heb nog nooit voor een camera gestaan. Zo meteen durf ik niks te zeggen, en wat dan?'

'Hallo, als je daar als een schijtebroek gaat zitten, worden we natuurlijk nooit uitgekozen. Je moet wel een beetje leuk doen.'

'Dat snap ik ook wel, hoor. Maar als het nou niet lukt?'

'Weet je wat? We gaan van tevoren oefenen,' zeg ik.

'Bij jou durf ik het wel,' zegt Lucas. 'Maar als ik daar ben?'

'Je bent toch niet alleen? Ik ben er ook bij. En je moet nooit aan de camera denken, dan raak je gestrest. Je moet gewoon antwoord geven, alsof je op school zit.'

Lucas knikt.

'Doe maar eens. Jij zit hier voor de televisie en ik vraag van alles aan jou.'

Lucas gaat op mijn bed zitten. Ik ga voor hem zitten en houd hem zogenaamd een microfoon voor. 'Dames en heren, dit is Lucas. Lucas, vertel maar iets over jezelf.'

'Eh...'

'Toe dan.'

Lucas begint te grinniken.

'Hou op met lachen, je moet iets zeggen.' Maar Lucas komt niet meer bij van het lachen. De tranen stromen over zijn wangen.

'Nou, dat is goed, zeg. Ik denk echt dat ze ons kiezen als je zo doet.'

'Britt, Lucas!' roept mam.

Als we beneden komen zit mam aan tafel met haar agenda voor zich. 'Ik wil iets gezelligs met jullie plannen. Het is alweer zo lang geleden dat we iets met z'n drietjes hebben gedaan. Ik dacht aan volgende week woensdag.'

'Ja, ik kan,' zegt Lucas.

'Als we iets leuks gaan doen, kan ik altijd.' Ik ben blij dat mam weer wat vrolijker is.

'Ik dacht erover om samen naar de film te gaan,' zegt mam.

'Vet!' roept Lucas. 'Ik weet een heel goeie.'

'Dat moeten jullie beslissen,' zegt mam. 'En ook waar we daarna een hapje gaan eten.'

'Bij de McDonald's,' zegt Lucas.

Ik kijk naar mam. Daar wil ze vast niet heen. We zijn nog nooit met mam naar de McDonald's gegaan. Soms gingen we met pap en dan bleef mam thuis. Zo erg vindt ze het daar.

'Als jullie dat het allerleukst vinden, doen we dat,' zegt mam.

Ik rol zowat van verbazing van mijn stoel. 'Jij naar de McDonald's?' vraag ik. 'Dat wilde je nooit.'

'Nu jullie er niet meer met papa heen kunnen, wil ik het weleens proberen.'

'Je vindt het vast vet!' zegt Lucas.

Mam slaat een arm om hem heen. 'Woensdag, dat is dus afgesproken.' Ze zet het in haar agenda.

'Mam wil het zeker goedmaken,' zeg ik als Lucas en ik boven zijn.

'Wat goedmaken?'

'Dat ze de laatste tijd zo chagrijnig is.'

'Ze denkt dat ze over een poosje weer alleen is,' gniffelt Lucas.

'Niet dus. Maar dat mag ze nog niet weten.'

Ik ga mijn kamer in en open mijn mail. Ik heb een mailtje van Fred van het tv-programma!

Als ik het openmaak, valt mijn oog meteen op de datum van de screentest. Ja hoor, het staat er met dikke, vette letters boven. Balen!

'Lucas!' roep ik.

'Ik ga niet weer oefenen,' zegt hij als hij mijn kamer binnenkomt.

'Je hoeft helemaal niet meer te oefenen, je kunt het heel goed. Maar kijk eens.' Ik laat hem de mail zien.

'Dan gaan we toch met mam weg?' Lucas schrikt net zo erg als ik.

Hoe moet dat nou?

Beneden gaat mams mobieltje. 'Nee, woensdag kan ik niet,' horen we haar zeggen.

Help! En wij kunnen helemaal niet.

'We moeten naar de studio,' zeg ik. 'Dat gaan ze heus niet verzetten voor ons, dan nemen ze een ander.'

'Wat zeggen we dan tegen mama?' vraagt Lucas. 'Ik weet het al, dat er iets op mijn school is.'

'Nee, dat is niks,' zeg ik. 'Ze gaat dan vast aan je juf vragen wat er is.'

'We moeten zogenaamd naar een feestje,' zegt Lucas.

'Puck geeft een feestje en de broers en zussen mogen ook komen.'

'Daar trapt mam nooit in,' zeg ik. 'Zoiets zou Puck never nooit doen en dat weet mam.'

Shit! Dit is echt balen. Ik heb nog meer mails en maak ze open. 'Jemig,' zeg ik. 'De volgende draaidag komen er honderdtwintig figuranten op de set.'

'Pfff,' zegt Lucas.

Ineens weet ik wat we tegen mam kunnen zeggen. Ik vertel het zachtjes tegen Lucas.

'Super!' zegt hij.

'Kom op, dan gaan we naar beneden.' Ik trek Lucas mee. Op de helft van de trap geef ik hem een teken.

'Ja, dat wil ik,' zegt Lucas zo hard dat mam het wel moet horen. 'Ik wil het heel graag.'

'Wat wil jij?' Mam kijkt Lucas aan.

'Ik mag bij Britt in de film spelen.'

Wat doet Lucas dat goed! Als hij het zo doet op de screentest, dan maken we wel kans.

'Een heel klein rolletje,' zeg ik. 'Hij mag figureren.'

'Dat is spannend!' zegt mam.

'Maar het is wel balen,' zeg ik. 'Maria belde net, het is volgende week woensdag.'

'Dan veranderen we ons uitstapje,' zegt mam. 'Dan gaan we met z'n drietjes naar de set en daarna gezellig in de stad eten.'

Nee hè! 'Ouders mogen niet komen,' zeg ik gauw. 'Dan wordt het veel te druk op de set. En Maria is bang dat de figuranten dan niet durven te spelen als hun ouders kijken.'

'Dan breng ik jullie,' zegt mam. 'En dan ga ik zelf shoppen. Ook niet verkeerd.'

'Eh... je hoeft ons niet te brengen. We... we worden opgehaald, dat zei Maria nog. Lucas en ik worden opgehaald.'

'Oké,' zegt mam, 'dan maken we gewoon een nieuwe afspraak.' Ze pakt haar agenda.

Ik zou met Puck in de studio werken aan ons filmpje voor YouTube, maar ze heeft het de hele tijd over Michael. En we hebben Laura beloofd dat we onze plannen gauw op papier zouden zetten. Puck vindt het super dat Laura het filmpje wil maken.

'Waarom belt hij nou niet?' zegt ze voor de zoveelste keer.

'Bel jij hem dan,' zeg ik. 'Doe het nu maar meteen, dan kunnen we daarna aan ons plan werken. Zo schieten we niet op.'

Puck aarzelt. 'Zal ik hem bellen?' Ze kijkt me vertwijfeld aan.

'Ja, doen. Wat kan je nou gebeuren?'

Puck telt tot drie, haalt diep adem en belt. 'Hi Michael,' hoor ik haar zeggen. 'Met Puck, weet je wel, van Crazy Ontbijtkoek.'

'...'

'O, dat weet je nog.' Ze zet grote ogen op. 'Zullen we afspreken?'

'...'

'O, je hebt al een schets gemaakt?'

'...'

'Nu al? Wat exciting! ik ben heel benieuwd. Laat maar zien.'

'…'

'Ja, je kunt nu hierheen komen.' Puck steekt haar duim naar me op. 'Prima, we zijn in de studio.' Ze geeft Michael haar adres en hangt dan op. 'Yes! Hij komt eraan.' Puck is door het dolle heen.

Ik moet lachen.

'Wat ga je doen?' vraagt Puck als ik mijn jas aantrek.

'Je hunk komt toch,' zeg ik.

'Je moet blijven.' Puck grijpt me bij mijn arm vast. 'Ik durf het niet alleen. Please, Brittje.'

'Oké.' Ik lach. 'En als jij een teken geeft, ga ik weg.'

'Super, dan zeg ik eh… O ja, ik vraag of je nog langs De Blauwe Stoep bent geweest.'

'All right.'

'O, spannend! Ik hou het niet uit.' Puck rent naar buiten en holt een paar rondjes om de studio heen.

Ik tik tegen de ruit. 'We moeten wat richtlijnen opschrijven voor Laura.'

Puck komt hijgend weer binnen en ploft naast me neer op de bank. 'Ik ben zo blij dat ze het wil doen.'

'Ik ook,' zeg ik. 'Ze heeft heel veel ervaring. Wat wil je met zo'n vader? En ze is heel tof. Maar dat zul je wel zien als ze komt.'

Laura wil de bandleden heel graag ontmoeten. We hebben een afspraak gemaakt. Ik denk wel dat het klikt.

Puck zucht. 'Het is zo gaaf!'

'Ja, het gaat heel goed worden. We worden beroemd.'

'Ik heb het over Michael,' zegt Puck. 'Mijn droom komt uit, Britt.'

Puck heeft het nog niet gezegd of ze knijpt in mijn arm. 'Daar komt-ie!'

'Wat was het ook alweer?' vraag ik als ze naar de deur loopt.

'Michael.'

'Nee, die hint van jou.' Als Puck me glazig aankijkt zeg ik: 'Eh... ik weet het alweer, De Blauwe Stoep.'

Puck knikt en laat Michael binnen.

'Gaaf,' zegt hij, de studio rondkijkend. 'Dus hier gebeurt het.'

'Ja, en er gaat hier nog veel meer gebeuren.' Puck geeft me stiekem een knipoog.

Wat is het toch ook een mafkees. Ik schiet bijna in de lach.

'Geweldig!' zegt Michael terwijl hij naar Puck kijkt.

'Wil je cola?' vraagt Puck.

'Ja graag,' zegt hij.

'Ik haal het wel even,' zeg ik gauw.

Als ik terugkom, zitten ze samen gebogen over een groot vel papier.

'Moet je zien!' roept Puck. 'Amazing! Je gelooft het niet. Dat noemt hij "een ideetje".'

Ik kijk over Pucks schouder naar Michaels ontwerp. Op de poster drijven wolken met de gezichten van de bandleden erin. Uit sommige wolken komen onweersflitsen.

'Heel spannend.' Het ziet er professioneel uit. Ik snap best dat Puck onder de indruk is.

'Ik had nooit gedacht dat het zo'n knaller zou worden,' zegt ze.

'Er moet nog van alles aan gebeuren,' zegt Michael. 'En verder moet ik nog kijken hoe ik jullie namen erin krijg. En er moet nog ruimte overblijven voor jullie optredens.'

'Gefeliciteerd!' zegt Puck. 'Je bent aangenomen.' Ze schudt zijn hand. 'Het is een mooi ontwerp.'

Ik zie dat hij een kleur krijgt.

'Alleen al voor dit affiche ga je naar ons concert,' zeg ik.

'Je kunt het ook als logo gebruiken,' zegt Michael. 'En jullie kunnen het voor je website gebruiken.'

'Doen we zeker,' zegt Puck. 'Super!'

'Ik krijg het nog voor mijn stage af. Je gelooft het niet, maar ik heb twee aanbiedingen gekregen. Niemand van mijn klas heeft nog een stageplek en ik kan kiezen. Tja, ze zien ook wel dat ik niet zomaar een studentje ben. Dus je wilt dat ik ermee doorga?'

'Ja, graag!' Puck kijkt hem lief aan. 'Wat kost het eigenlijk?'

'Daar heb ik eerlijk gezegd nog niet over nagedacht,' zegt Michael.

Er valt een stilte.

Puck en Michael kijken elkaar aan. Ze blijven elkaar maar aankijken. Ik voel me ongemakkelijk. Wat doe ik hier nog? Puck geeft geen hint. Moet je haar nou verliefd naar hem zien kijken! Zo meteen gaat ze nog met hem zoenen waar ik bij ben. Lekker zeg. Die crazy is mij helemaal vergeten, wedden?

'Puck, De Blauwe Stoep,' zeg ik.

'Eh… De Blauwe Stoep?' Puck kijkt me verward aan. 'O eh, ja natuurlijk,' zegt ze. 'Jij moet nog naar De Blauwe Stoep. Je had er allang moeten zijn.'

Voordat ik in de lach schiet sta ik op. 'Bye!'

8

Hoe bereid je je voor op de screentest van een tv-show?

♡ Ik ga van tevoren naar de schoonheidspecialiste en shoppen voor een nieuwe outfit. Als ik er goed uitzie, voel ik me ook sterker!

♣ Ik schrijf alles wat ik wil vertellen op en leer het helemaal uit mijn hoofd. Dan sta ik tenminste niet te stotteren, omdat ik niet uit mijn woorden kan komen van de zenuwen.

◇ Ik neem zangles, dansles en probeer een paar goede grappen te onthouden. Dan ben ik overal op voorbereid.

♠ Ik neem mijn BF mee. Dan durf ik veel meer en samen hebben we altijd fun!

☆ Ik doe nix. Mij willen ze toch niet, want ik ben veel te verlegen…

Uitslag

△ Jij wordt de beauty van de set! Slim om een manier te zoeken zodat je je goed voelt. Als je iets sterks uitstraalt, zullen anderen dat ook zien.

♣ Jij houdt niet van onverwachte dingen. Met jouw mega coole verhaal kom je zo door de screentest heen! ☺

◇ Vet! Jij kunt meteen door naar de volgende screentest: voor een talentenjacht! ☺

♠ Friends zijn ZO belangrijk! Als je zenuwachtig wordt, kijk je gewoon naar je BF en dan gaat het vast snel weer over. Maar niet te veel giechelen samen, hé!

☆ Ook verlegen mensen mogen op tv! Het kan super scary zijn, zo'n screentest. Wees gewoon jezelf, dan zul je zien dat ze je vast leuk vinden! ☺

Geplaatst door: Britt | Reacties (2)

Reactie van Kelly
Die wallen zijn geen punt, dat schminken ze wel weg. En zet hem op, hè? Hopelijk krijgt je broertje geen black-out van de stress. Maar hij heeft zijn wereldzus bij zich. Ik zorg ervoor dat mijn hele jazzballetclub voor jullie duimt. Als dat niet helpt!
Luv Kel

Reactie van Jasper
Hi Britty van mij,
Die wallen kus ik wel weg. Als je zegt waar je moet zijn, kom ik nu naar je toe. Ik weet zeker dat ze je uitkiezen. Dat moet ook wel, want ik heb al een plaats gereserveerd voor de opnames, op de eerste rij. Midden voor, het kan niet missen dus. Nu kan ik er helaas niet bij zijn. Denk maar aan mij, dan komt het helemaal goed.
Je trotse Jaspertje

http://www.dathebikweer.com

Grrr… wat is het toch een engerd. Ik heb zin om hem voor van alles en nog wat uit te maken, maar ik besluit niet te reageren. Ik reageer al heel lang niet meer op die zielenpoot. Iedereen zei dat het dan wel zou stoppen, dat de lol er dan snel af zou zijn, maar hij blijft stug volhouden. Die gek spoort echt niet. O, Sara reageert ook nog.

Reactie van Sara

Hou op, etter! Je kunt nooit een plek in de studio hebben gereserveerd. Je weet niet eens om welke opname het gaat. Misschien weten ze zelf nog niet eens wanneer de opnames zijn.

Britt, laat je niet opfokken door die eikel. Ik vind het maar zielig.

Good luck dus.

Suc6! Sara

http://www.dathebikweer.com

'Britt!' roept Lucas. 'Kijk eens!'

Ik ga naar Lucas' kamer. 'Super,' zeg ik. 'Dat blauwe shirt staat je heel stoer.'

Zelf heb ik ook mijn kledingkast binnenstebuiten gekeerd. Ik vond niks leuks en ik heb ook geen geld om iets nieuws te kopen. Ik heb een super stoer shirt van Puck geleend.

'Jongens! Eten, jullie worden zo opgehaald!' roept mam.

Als we beneden komen kijkt mam verrast naar Lucas. 'Wat zie je er goed uit, jochie. Je hebt er echt zin in, hè?'

Ik kijk naar de croissants. Mam heeft ze speciaal gehaald, maar ik heb geen trek. Ik hoop dat ze niks merkt. Ik denk dat ik pas rust heb als we in de bus zitten. Ik heb met Puck afgesproken dat ze me belt met een smoes, want er komt natuurlijk geen auto met chauffeur voorrijden.

'Waarom leg je je jas klaar?' vraag ik verbaasd aan mam.

'Ik ga jullie buiten uitzwaaien,' zegt mam. 'Ik mag jullie dan wel niet brengen, maar ik wil jullie wel uitzwaaien.'

Ook dat nog! Ik geef Lucas onder de tafel een trap.

'Nee, dat vind ik kinderachtig staan,' zegt Lucas. 'Dan schaam ik me.'

'Wat een onzin, je bent pas zeven. Schaam je je nu al voor je moeder? Wat moet dat wel niet worden als je in de puberteit bent?'

'Het ziet er veel te kinderachtig uit,' zegt Lucas weer. 'Dan pesten ze me.'

Hij doet het echt goed. Mama trapt erin, ze hangt haar jas weer op.

'Goed dan,' zegt ze. 'Dan zwaai ik jullie voor het raam uit.'

Ik zucht opgelucht. Voor de zoveelste keer voel ik in mijn zak of het geld er nog in zit. Ik heb het van Puck geleend. Ik had zelf niks meer. Op de mail stond dat reiskosten worden vergoed. Maar ik moet het wel voorschieten. Twee retourtjes naar Hilversum en dan nog de bus. We kunnen niet stiekem onze fietsen de schuur uit smokkelen. Dat merkt mam. Het is al spannend genoeg. Als ze doorheeft dat we helemaal niet naar de film gaan, komen we de deur niet meer uit. Lucas heeft ook niet veel trek. Soms vind ik mijn broertje een stomme koter, maar nu vind ik dat hij het heel goed doet.

'Zal ik jullie maar je croissantjes meegeven?' zegt mama. 'Dan kunnen jullie ze in de auto opeten.'

Ik had het kunnen weten, mam loopt naar het raam.

'Vreemd,' zegt ze. 'De chauffeur is altijd te vroeg. Maar het is natuurlijk een hele organisatie vandaag. Hoeveel figuranten komen er ook alweer, Britt?'

Shit! Ik ben helemaal vergeten wat ik heb gezegd. 'Eh... zo'n zestig.'

'Ik dacht dat je honderdtwintig had gezegd,' zegt mam. 'Dat kan ook wel,' zeg ik zo onverschillig mogelijk. Waar blijft Puck? Lucas kijkt me ook al ongerust aan. Puck zou bellen. Ik controleer mijn mobieltje, het staat aan. Ze zal het toch niet zijn vergeten? Dan verpest ze ons hele plan. Stom van me, ik had Noah moeten vragen, die is veel stipter. Ik ga naar de wc en stuur een sms'je naar Puck. *Bellen!!!!!*

Er gebeurt niks. Puck, please! Wat moet ik nu doen? Zo meteen missen we de bus en dan de trein, en dan kunnen we naar de screentest fluiten.

Ik sms Noah. *Puck vergeet ons, wil jij bellen?*

Hopelijk staat Noahs mobieltje aan.

Gelukkig, Noah belt al.

'Daar heb je de chauffeur,' zeg ik tegen mam en ik neem op. 'Hi Ed... O, sta je om de hoek, tegenover de supermarkt? Prima, Lucas en ik komen eraan.' Ik hang op. 'Lucas!' roep ik. 'Opschieten! Ed wacht om de hoek. Er is iemand aan het verhuizen in de straat. Hij kon er niet door.' Lucas heeft zijn jas al aan.

'Fijn dat hij er is.' Mam geeft ons een kus. We rennen de deur uit.

'Zwaaien,' fluister ik tegen Lucas als we buiten staan. 'Dag, mam!'

Mam staat in de deuropening en zwaait. 'Succes, hè?'

We lopen de straat uit. Als we de hoek om zijn, gaat mijn mobieltje. Puck!

'Je bent te laat, oen,' zeg ik.

'Sorry,' zegt Puck. 'Michael hing aan de telefoon en toen…'

'Toen ben je mij vergeten. Ik moet de bus halen.' Ik hang op en Lucas en ik rennen verder. Ik baal wel. Als Puck zo wordt als ze verkering heeft…

Vlak voor onze neus rijdt de bus weg. We zijn net te laat. Shit!

'En we moeten de trein halen!' zegt Lucas paniekerig.

Hoe komen we nog op tijd op het station? De volgende bus komt pas over twintig minuten. Dat redden we nooit! En we kunnen hier niet eens blijven wachten, bij mam om de hoek. Ze gaat zo naar haar werk. Stel je voor dat ze ons hier ziet staan! Lucas begint te huilen. Ik weet het ook even niet meer. Het is Pucks schuld. Waarom belde ze nou ook zo laat? Ik had het allemaal zo goed uitgedacht, en ze had het beloofd. Alleen maar door die stomme Michael. Wat moeten we? In paniek bel ik Dave.

'We hebben de bus gemist. We redden het nooit meer. Ik zie het even niet meer zitten.'

'Ik kom eraan,' zegt Dave. 'Blijf bij de bushalte staan, dan pik ik jullie op.'

'Nee,' zeg ik, 'we moeten hier weg. Mam kan ons zien.'

'Eh, de Breestraat dan,' zegt Dave. 'Onder dat poortje. Het is daar verboden voor auto's, wacht daar maar.'

Ik trek Lucas mee. 'Weg hier.' Van de stress weet ik even niet meer hoe ik in de Breestraat kom. Ik begin maar te rennen. Ineens weet ik het weer. 'Hierheen!' Ik pak Lucas' hand en ren een zijstraat in. Als we veilig bij het poortje zijn, word ik rustig. Ineens besef ik wat een geluk ik heb met Dave. Ik zie een vrouw op de fiets. Ze lijkt op mama's collega. Help. Ik trek Lucas achter een pilaar. Als ze dichterbij komt, zie ik dat het iemand anders is. Zaten we maar vast in de trein. Waar blijft Dave? Zo meteen fietst er wel iemand langs van mams werk.

'Daar komt hij aan!' Lucas ziet Dave het eerst.

'Wat een maffe fiets.' Van de zenuwen schiet ik in de lach.

'Van mijn pa,' zegt Dave. 'Mijn bagagedrager heeft het begeven.'

Lucas wil voorop gaan zitten.

'Nee,' zegt Dave. 'Hier zit Britt. Klim jij maar achterop.'

Als Lucas op de bagagedrager zit, neem ik plaats op de stang.

'We nemen de kortste weg.' Dave rijdt onder het poortje door.

Ik hoop niet dat hij door het centrum gaat, maar Dave snapt ook wel dat mam ons niet mag zien. Hij neemt

allerlei kleine straatjes. Ik hoop dat we de trein nog halen. Ik kijk gestrest op mijn mobieltje. We hebben nog
tien minuten. Dave fietst zo hard hij kan. Hij scheurt
zelfs door rood. We hebben nog vijf minuten als we
eindelijk bij het station aankomen.

'Gehaald,' zegt Dave trots.

'Ik moet ook nog een kaartje kopen,' zeg ik.

'Ga maar.' Dave zet zijn fiets op slot en rent met Lucas
naar het perron.

Bij de kaartjesautomaat staat iemand voor me.

'Mag ik alstublieft eerst?' vraag ik.

'Ga maar gauw, kind,' zegt een man. Ik koop zo snel als
ik kan twee kaartjes en dan storm ik de trap af, onder
het tunneltje door. De conducteur staat al naast de
trein.

'Vlug!' roept Dave. Hij zet Lucas in de trein en steekt
zijn hand naar me uit. Ik grijp zijn hand en spring de
trein in.

'Gehaald! We hebben hem gehaald,' zegt Lucas blij. De
conducteur fluit al. Dave en ik hebben niet eens tijd
voor een kus.

Nu kan er niets meer misgaan, denk ik als ik samen
met Lucas de studio in ga. We lopen naar de balie. Als
ik ons heb aangemeld, moeten we ergens in de hal
gaan zitten, bij de andere kinderen.

'Hi,' zeg ik. Lucas is te verlegen en zegt niks.

'Zijn jullie met z'n tweeën?' vraagt een jongen van
mijn leeftijd.

'Ja,' zeg ik.

'Wij met z'n drieën en zij met z'n vieren.'

Tijd om verder te praten hebben we niet, want een man komt ons halen.

'Goedemorgen allemaal, ik ben deze ochtend jullie begeleider. Ik heet Frans. Jullie zijn compleet, dus we kunnen beginnen. Ik neem jullie mee naar boven.'

We gaan een zaal in. Achter een tafel zitten drie mensen. Ik ken er niet een van.

'Dit is ons panel voor vandaag,' zegt Frans.

We kijken verbaasd naar de vrouw en de twee mannen achter de jurytafel.

'Jullie denken natuurlijk: waar zijn de bekende Nederlanders?' zegt Frans. 'Maar deze mensen zijn stand-ins. Pas met de uitzending komt onze echte jury. Robert ten Brink is er dan ook. Maar degenen die worden gekozen, krijgen Robert nog uitgebreid voor de echte opnames te zien en te spreken. Hij wenst jullie allemaal veel succes.' Frans wijst waar we moeten gaan zitten. Ik ben wel blij dat Robert ten Brink er niet is, dat had het alleen maar nog spannender gemaakt.

Ik kijk naar de andere broers en zussen. Ze zien er best wijs uit. Het zal nog heel moeilijk worden. Eerst krijgen we allemaal wat te drinken en dan geeft Frans het teken dat we gaan beginnen.

'Nu wordt het menens. Jullie zoeken allemaal een leuke man voor jullie moeder,' zegt hij. 'Welnu, hier komt de eerste man. Patrick!'

De deur gaat open. 'Hier is Patrick, jongens en meiden. We doen net alsof jullie hem hebben geselecteerd uit de stapels brieven. Want zo gaat het straks wel als jullie zijn uitgekozen. Jullie krijgen zes brieven waar je er drie uit moet zoeken. Patrick is voor vandaag een van de drie kandidaten.'

Ik kijk naar Patrick. Wat een nerd. Misschien vindt mam hem wel leuk, maar zo'n man bedoelen we helemaal niet.

'Die zou ik nooit kiezen,' zegt Lucas hardop.

Iedereen moet lachen, Patrick ook, maar ik schaam me dood. Ik geef hem een trap onder de tafel.

'Bedenk allemaal wat je eerste vraag zou zijn als Patrick bij je komt zitten,' zegt Frans.

'Ik weet het al,' zeg ik. 'We vragen waarom hij meedoet aan dit programma.'

'Wat heb je daar nou aan?' zegt Lucas.

Ik bedenk nog een paar vragen, maar Lucas vindt ze allemaal stom.

Het kan me niet schelen, ik vraag gewoon wat ik zelf heb bedacht.

De broer en de twee zussen mogen beginnen. Als Patrick bij hen gaat zitten, beginnen ze al te gniffelen.

'Ik heb een vraag,' zegt de jongen. 'Mijn zus heeft hem bedacht.'

'Nee, gek,' giert het meisje, 'dat zei ik voor de lol, zoiets kun je niet vragen.' Ze geeft haar broer zo'n harde duw dat hij van het kussen valt. Ze gieren het uit.

Frans vraagt nog een paar keer of ze serieus willen doen, maar ze moeten steeds weer lachen.

'Laten we maar doorgaan met het volgende groepje,' zegt Frans vriendelijk. 'Dan zijn jullie misschien uitgelachen.'

Na het tweede groepje zijn wij aan de beurt.

'Lucas,' zegt Frans, 'vertel jij maar wat je zou willen vragen aan Patrick.'

Ik baal. Waarom vraagt hij het niet aan mij? Als Lucas nou maar niks raars gaat vragen.

'Heb je een vraag?' vraagt Frans als Lucas niks zegt.

Lucas knikt. Hij kijkt naar Patrick. 'Lust je een Big Mac?'

Iedereen moet lachen. Lucas straalt, maar ik ben woedend. Wat is dat nou voor een babyvraag? Hij denkt dat hij leuk is, maar ze lachen hem gewoon uit. Ik had er nooit aan moeten beginnen met die koter.

Ik kijk hem kwaad aan. Lucas snapt er niks van. Hij is echt nog veel te kinderachtig. Hij verpest het steeds voor ons. Bij de volgende opdracht vraagt hij aan een man of we voor het eten mogen snoepen als hij bij ons woont. Zelf heb ik best een paar goeie vragen gesteld, maar wat heb ik eraan als Lucas ons steeds voor gek zet? Zo gaat het de hele tijd. Iedereen lacht om Lucas. Ik zit er gewoon voor gek naast. Ik ben blij als het eindelijk is afgelopen.

'Jongens en meisjes, dit was het,' zegt Frans.

De volgende deelnemers staan al te wachten.

Ik wist niet eens dat er nog meer deelnemers kwamen, maar Frans vertelt dat ze het hele weekend doorgaan met screenen. 'Maandag krijgen jullie een e-mail,' zegt hij.

'Stom,' zegt Lucas als we naar buiten lopen. 'Dan moeten we nog heel lang wachten. Ik wil het nu weten.'

'Je weet het toch al,' zeg ik chagrijnig. 'Wat denk je

nou, dat je hebt gewonnen met je kinderachtige gedoe?'

Mijn mobieltje gaat. Het is Puck.

'Het was waardeloos,' zeg ik meteen als ik opneem.
'Lucas heeft het helemaal voor ons verpest. Hij vroeg
of die man weleens een Big Mac at.'

'Ik vind het wel een goeie vraag,' lacht Puck.

'Zie je nou wel,' zegt Lucas, die het antwoord van Puck
heeft gehoord.

'En?' vraagt Puck. 'At hij weleens een Big Mac?'

'Nee,' zeg ik.

'Wij wel,' zegt Puck. 'Ik heb wat goed te maken. Ik
wacht jullie op het station op en dan trakteer ik op een
Big Mac.'

9

Op de basisschool vond ik geschiedenis best gaaf.
Meester Jan kon ook heel spannend vertellen. Ik zag
het altijd helemaal voor me. Nou, dat is nu wel anders.
Ik zit pas tien minuten in de les bij Kort en ik val al bijna in slaap. Jeetje, wat kan die saai vertellen. Haar een-
tonige stem dreunt door de klas. Ik ben echt niet de
enige die zijn aandacht er niet bij kan houden. Bijna
niemand let op. Nick en Max zitten stiekem aan een
stripverhaal te werken. Puck zit naast me haar nagels te
vijlen. Noah en Sanne zitten schuin voor ons. Noah zit
in gedachten. Ze denkt vast aan Dennis. Ze wil zo graag
een date met hem. Hij doet best wel heel aardig tegen
haar. Eerst dacht ik dat hij wel verkering met haar wilde, maar nu begin ik toch ook te twijfelen. Het duurt
al zo lang. Misschien is hij wel stiekem verliefd op iemand anders.
Vandaag krijgen we te horen wie er is uitgekozen voor
het tv-programma. Ik heb echt geen spatje hoop meer.
Lucas heeft het voor ons verpest. Ik baal er wel van. Ik
zag het al helemaal voor me, hoe het zou zijn als mam
een leuke man had. Niet dus. Ze zal wel weer met een

eikel aankomen. Ik merk wel dat ze erover inzit dat het uitgaat met Geitensok. Ze zit vaak te piekeren als ik de kamer in kom. Ik vraag maar niks meer, ze draait er toch omheen.

Kort kijkt naar me. Iedereen kijkt naar me. Heb ik iets gemist?

'Goeiemorgen, Britt,' zegt Kort. 'Kun jij mij vertellen waar ik het over heb?'

Shit! Ik heb geen idee. 'Eh…' Ik voel dat ik rood word.

'De hiëroglifen,' fluistert Puck.

'Nog harder, Puck,' zegt Kort kwaad. 'Britt, als ik jou was zou ik maar opletten. Ik zie het nu door de vingers, maar de volgende keer heb je een één.'

'Goed, mevrouw,' zeg ik braaf.

Kort vertelt verder als Puck haar mobieltje uit haar zak haalt. Ze heeft zeker een sms'je. Terwijl ze haar mobieltje onder de tafel houdt, gluurt ze omlaag. Ik zie dat ze het mobieltje openklapt.

'Yes!' roept ze.

Kort kijkt kwaad haar kant op. Ze ziet nog net dat Puck haar mobieltje wegstopt.

'Je weet dat het verboden is onder de les te sms'en, Puck. Je kunt vertrekken.'

'Maar ik heb hartstikke goed bericht!' zegt Puck. Ze wil het vertellen.

'Ik wil er niets over horen. Opkrassen. Meld je maar bij de conrector.'

Puck pakt haar spullen. Ik moet lachen. Ze moet inderdaad goed nieuws hebben gekregen, want ze huppelt bijna de klas uit. Het kan Puck niks schelen dat ze eruit moet. Soms gaat ze lekker aan de kade in het zonnetje zitten, maar ze zal nu wel binnenblijven, want het regent. Ik moet nog zien dat ze naar de conrector gaat. Ik kijk op de klok. Nog een halfuur. Hoe houd ik het uit! Ik probeer mijn aandacht erbij te houden, maar mijn gedachten dwalen steeds af. Nu denk ik weer aan pap. Vanochtend kreeg ik een mailtje van hem. Hij had het weer over mam. Niet piekeren, denk ik, maar opletten! Zo meteen vraagt Kort weer iets en dan heb ik een één. Kort dreigt niet alleen, ze doet het ook.

Ik probeer weer op te letten als mijn mobieltje trilt. Puck misschien? Heel sneaky haal ik mijn mobieltje uit mijn zak. Nee! Mijn hart slaat een tel over als ik zie dat het Fred van het tv-programma is. Hij heeft mijn voicemail ingesproken. Dat moet over de uitslag gaan. Raar. Hij had gezegd dat we een mailtje zouden krijgen. Ik probeer te wachten op de bel, maar ik houd het niet uit. Ik moet weten wat hij heeft ingesproken. Zodra Kort zich omdraait om iets op het bord te schrijven, druk ik het nummer van mijn voicemail in. Ik buk alsof ik iets opraap en houd mijn mobieltje tegen mijn oor.

'Dag, Britt,' hoor ik. 'Met Fred van *Gezocht: leuke man voor onze moeder*. Ik mag je feliciteren. De keus is op Lucas en jou gevallen. De jury was het er unaniem over eens. Jullie hebben het het beste gedaan. Ik heb je een mail gestuurd met zes brieven waaruit jullie mogen kiezen…'

Nee, het kan niet waar zijn. We zijn uitgekozen! Ik vergeet helemaal dat ik in de les zit. 'Yes!' roep ik met mijn mobieltje nog tegen mijn oor. 'We zijn uitgekozen!'

'Britt!' Kort staat al naast mijn tafel. 'Hoe durf je! Eruit!'

'Lucas en ik mogen meedoen aan een tv-programma,' zeg ik nog. 'We zijn als besten uit de screentest gekomen.'

'Vertel dat maar tegen de conrector.' Van woede vliegt er een kloddertje speeksel uit haar mond.

'Super, Britt. Je komt op de tv!' roept Nick. Iedereen begint te joelen en te klappen.

'Mevrouw, u kunt het toch niet maken om haar eruit te sturen!' roept Max.

'Stilte!' roept Kort. 'Wie nu nog iets zegt, kan ook vertrekken.'

Ik loop naar de deur. We zijn uitgekozen! Dat is het enige waar ik nog aan kan denken.

In de gang zie ik Puck. 'Puck, je raadt het nooit. Ik heb hartstikke goed nieuws!'

'Ik ook,' lacht Puck.

'Lucas en ik zijn uitgekozen,' zeg ik. 'We zijn als besten uit de screentest gekomen. We gaan een lover voor mijn moeder zoeken. Wow!'

'Super!' Puck pakt me vast. We dansen door de gang.

'Geweldig!' zegt Puck. 'Ik zei toch al dat Lucas het goed had gedaan. Je was veel te gestrest.'

Ik knik. Stom, ik ben het hele weekend boos op mijn broertje geweest. Wat zal hij blij zijn. 'En jij?' vraag ik. 'Jij had ook goed bericht, toch?'

'Michael sms'te. Hij heeft alles af. Hij heeft het op een USB-stick gezet. Vanmiddag wil hij het op onze website zetten.'

'Dat was toch al afgesproken?' zeg ik niet-begrijpend.

'Nee, hij zou alles mailen. Maar dat doet hij dus niet.'

Ineens snap ik het. 'Hij komt speciaal naar je toe. Wow, Puck!'

'Hij vindt me dus leuk,' zegt Puck. 'Anders zou hij nooit komen. Hij wil me zien! Britt, dit gaat echt super worden. Misschien heb ik vandaag nog verkering.'

Heerlijk voor Puck. Ik denk aan Noah. Het zal niet makkelijk zijn als Puck en ik een boy hebben en zij niet.

'Nog één lesuur,' zegt Puck. 'Ik heb geen zin meer. Ik wil thuis op mijn lover wachten.'

'Ik ga ook straks naar huis,' zeg ik. 'We hebben toch gym. Ik verzin wel iets. Ik wil eerder thuis zijn dan Lucas. Ik hang een slinger voor het raam.'

'Ziet je moeder dat dan niet? Dan vraagt ze toch wat er te vieren is?'

'Mam werkt, ik haal hem weg voor ze thuiskomt.'

'Niet vergeten dus,' lacht Puck.

'We moeten nog wel zeggen dat we eruit zijn gestuurd,' zeg ik en ik trek Puck mee naar de kamer van de conrector.

'Als we maar niet na moeten blijven,' zegt Puck. 'Dat doe ik niet, hoor. Ik zeg wel dat ik naar de tandarts moet.'

Ik baal. Ik wil Lucas verrassen, maar we kunnen toch niet alle twee een afspraak bij de tandarts hebben? Daar trapt de conrector nooit in. We kloppen op de deur van zijn kamer. Maar er wordt niet opengedaan.

'We zijn geweest, Kort kan ons niks maken.' Puck loopt

al weg als de conrector eraan komt. Hij blijft staan en kijkt ons aan.

'We zijn eruit gestuurd bij mevrouw Kort,' zeg ik.

'Belachelijk,' zegt Puck. 'Alleen maar omdat Britt haar voicemail afluisterde. Daar heeft Kort toch geen last van?'

'Jullie weten dat het ten strengste verboden is om je mobieltje aan te hebben tijdens de les.'

'Ik moest hem wel aan hebben,' zeg ik. 'Een regisseur van de tv kon bellen. Lucas en ik gaan meedoen met *Gezocht: leuke man voor onze moeder*. Ik zou vandaag horen of ik door was.'

'En ze is door!' zegt Puck. 'Ze mag er met haar broertje heen. Ze komt op tv.'

'Gefeliciteerd,' zegt de conrector.

'Ja, en Kort stuurt haar eruit,' zegt Puck. 'En mij ook trouwens.'

'Britt, je had voor de les naar mevrouw Kort moeten gaan en het geval moeten uitleggen.'

'Dan weet u niet hoe Kort is,' zegt Puck. 'Dan had Britt haar mobieltje uit moeten zetten. Ik weet het zeker.'

'En weet mevrouw Kort dat je bent uitgekozen?'

'Ja,' zegt Puck alsof ze erbij was.

'Een moeilijk geval,' zegt de conrector. 'Ik snap jullie blijdschap, maar het blijft zo dat je in overtreding was, Britt. Maar nu jullie zo blij zijn, vinden jullie het vast niet erg om morgenochtend om acht uur op school te komen.'

Dat heb ik weer!

Hoe vind je een lover voor je BF?

♡ Ik ga verkering voor haar vragen aan die boy waar ze al ZO lang verliefd op is. Zelf durft ze dat never nooit niet…

♣ Ik duw haar per ongeluk tegen haar hunk aan. Als ze samen op de grond liggen en in elkaars ogen staren, schiet de vonk wel over!

◇ Ik koppel mijn BF aan mijn broer. Dan weet ik zeker dat we elkaar vaak blijven zien! ☺

♠ Ik ga alle party's af, op zoek naar een sexy BN'er voor mijn BF. Misschien vind ik er dan ook eentje voor mezelf…

☆ Ik ben daar mega slecht in. Ze moet zelf maar een lover zoeken… ☹

Uitslag

♡ Dat is sweet! Ik hoop dat hij JA zegt!

♣ Jij hebt dit zeker al vaker gedaan? Of kijk je veel romantische movies?

◇ Slim! Maar straks niet jaloers worden als ze steeds op zijn kamer zit of voor hem belt in plaats van voor jou…

♠ En dan samen aan de arm van jullie famous boys over de rode loper. ZWIJMEL…

☆ Gelijk heb je! Zoiets als een lover kan iedereen toch het beste zelf kiezen. Anders krijg jij straks nog de schuld als het uit gaat…

Geplaatst door: Britt | Reacties (0)

http://www.dathebikweer.com

112

'Ik weet al wie de vriend van mam wordt,' zegt Lucas als we alle zes de mails hebben gelezen. We hebben drie mannen uitgekozen die ons leuk lijken. Een illustrator, de baas van een manage en een kok. Eigenlijk waren alle zes de mannen wel tof. In elk geval duizend keer beter dan Blok Geitensok.

'Het wordt de kok!' zegt Lucas. Hij wijst naar de foto op de mail. Ik vind de kok ook het leukst. Hij ziet er vlot uit en heeft een grappig en vrolijk gezicht, net als pap. Hij heeft ook een zoon die net zo oud is als Lucas. Lucas ziet het al helemaal zitten, lekker keten samen, want hij zal heus weleens een weekendje komen logeren bij zijn vader. Ik vind dat juist minder, dan krijg ik twee van die koters om me heen. Ik had het veel fijner gevonden als hij een dochter had gehad. Maar verder lijkt hij ons top. Hij houdt van avontuurlijke vakanties. En van lekker eten. Ik zie het al helemaal zitten. Ik mail zijn foto door naar Noahs mobieltje. *Mama's nieuwe lover, hij is kok. Hoe vind je hem? x*

Noah sms't meteen terug. *Vet! Lijkt me super aardig. Dikke kus*

Ik stuur zijn foto niet naar Puck door. Puck kijkt toch alleen maar of hij knap is. Hij is niet echt knap, maar wat kan mij dat schelen? Puck is trouwens nu met Michael, ik wil haar niet storen. Ik ben benieuwd of ze heeft gezoend, maar dat hoor ik vanavond wel. De hele band komt bij elkaar en dan krijgen we de poster en de nieuwe website te zien.

Help! De slinger hangt nog voor het raam. Ik storm naar beneden. Ik haal hem gauw van het raam en vouw hem op. Als ik bovenkom, stopt Lucas een hand-vol drop in zijn mond. Ik heb een zak vol drop voor hem gekocht, omdat ik zo kwaad op hem ben geweest. Ik bekijk nog een keer de andere twee mails. 'Je weet het nooit,' zeg ik tegen Lucas. 'Misschien vinden we toch die illustrator leuker, of die manegebaas, als we ze in het echt zien.'

'Nee, hoor,' zegt Lucas, die zijn mond nog halfvol heeft.

Eerlijk gezegd denk ik het zelf ook niet. Die kok lijkt me echt vet. Karel heet hij, een leuke naam.

'Ik ga hem altijd helpen met koken als hij bij ons woont,' zegt Lucas.

Ik heb mijn broertje in geen tijden zo vrolijk gezien.

'Misschien word ik later ook kok.' Hij bestudeert de foto. 'Wat zou pap van hem vinden?'

'We kunnen hem mailen,' zeg ik. 'Ik denk dat pap hem ook aardig vindt.'

'Vast,' lacht Lucas. 'Die smulpaap. Pap houdt wel van lekker eten. Dan kan hij voor pap koken als hij hier is.'

'De nieuwe man van mam zeker, denk nou even na, die gaat toch niet voor pap koken.'

Ik zit alweer aan mijn huiswerk als mam thuiskomt.

'Britt, we eten falafel!' roept Lucas uitgelaten onder aan de trap.

'Lekker!' Ik ren naar beneden en geef mam een kus.

'Wat zien jullie er stralend uit.' Mam kijkt ons aan. 'En zo eensgezind.'

'Geheimpje.' Lucas zet de borden op de tafel.

Ik help mee met tafeldekken.

'Messen rechts van het bord, Lucas,' zegt mam. 'Onthou dat nou eens.'

Mam is weer eens gestrest.

Als we even later aan tafel zitten zegt mam: 'Ik eh... ik wil iets met jullie bespreken. Het is niet makkelijk.'

'We weten al wat je wilt vertellen,' zeg ik. 'Dat Geitensok weggaat.'

'Dat heeft er wel mee te maken.' Mam slaat haar ogen neer.

Ik pak mams hand. 'Je hoeft niet zo verdrietig te zijn. We hebben een verrassing voor je.'

'Een mega verrassing,' zegt Lucas. 'Als je dat hoort, huil je niet meer om Gerard. En dan hoef je ook nooit meer falafel te halen.' Lucas moet er zelf om grinniken.

'Ik snap niet wat dat met Gerards nieuwe baan heeft te maken,' zegt mam verbaasd.

'Ken je dat sprookje nog?' zegt Lucas. 'Tafeltje dek je, ezeltje strek je, dat gaat bij ons gebeuren. Ineens staat er een tafel vol heerlijk eten. Rara, hoe kan dat...?' Hij kijkt me verrast aan. 'Misschien kan hij ook wel hamburgers maken.'

Ik moet lachen om Lucas. Hij denkt altijd aan eten. Hij is net zo'n smulpaap als pap.

'Waar hebben jullie het toch over?' zegt mam.

'Over een big surprise,' zeg ik.

'Wij hebben...' begint Lucas.

'Nee!' roep ik als hij het wil verklappen. 'Eerst moet mam vertellen.'

'Goed dan,' zegt mam. Ze legt haar mes en vork neer. 'Jullie hebben waarschijnlijk wel gemerkt dat ik de laatste tijd een beetje uit mijn doen was. Soms was ik ook onredelijk. Sorry, maar ik had het even niet makkelijk.'

Ik knik. 'Je dacht natuurlijk: wat heb ik een domme keus gemaakt. Hij laat me zomaar stikken. Maar mam, je had het kunnen weten. Ik heb zo vaak gezegd dat Geitensok…'

'Luister,' valt mam me in de rede. 'Gerard laat me niet stikken. Hij heeft me gevraagd of we meegaan naar Maastricht.'

'Haha…' lach ik. 'Ik zie ons al. Hij is nog gekker dan ik dacht. Nou, mam, wees maar blij dat hij ophoepelt. Wat denkt hij nou wel?'

Ik weet zeker dat mam duizend keer gelukkiger is met onze kok. En wij ook.

Mijn mobieltje gaat. Het is Laura. Ik loop de kamer uit.

'Hi Laura, je belt niet af, toch?' Ze zou vanavond bij de band komen kijken.

'Nee hoor, maar ik weet niet meer hoe ik er moet komen. Kun je nog even precies zeggen hoe ik moet fietsen?'

'Bij jouw huis ga je rechtdoor. En dan de derde straat rechts, of is het nou de vierde straat?' Help, wat sta ik toch te stuntelen! Ik kan me zo slecht oriënteren. 'Opnieuw,' zeg ik voor de zoveelste keer. 'Je moet…'

'Laat maar,' lacht Laura. 'Ik zoek het zelf wel uit, dit wordt niks. Ik zie je zo!'

'Britt, het is super!' roept Noah als ik de garage binnenkom. 'De poster is great!' Ze staan allemaal om Pucks laptop heen.

'En de website is ook vet!' zegt Pim.

'En die schat wil er niks voor hebben,' zegt Puck.

'Super!' roep ik. 'Echt, het ziet er heel flitsend uit.'

'Dat vind ik ook,' zegt Kiki. 'Hij is wel professioneel.'

'Niet alleen grafisch,' grinnikt Puck.

'Jullie hebben gezoend?'

Puck knikt. 'En hoe. Hij kan heel goed zoenen.'

'Is het aan?' vraagt Noah.

'Weet ik veel,' zegt Puck. 'Ik denk het wel.'

'My god,' verzucht Dennis. 'Iedereen heeft maar verkering.'

'Ik dus niet.' Noah wordt knalrood.

'Je hebt groot gelijk,' zegt Dennis droog. 'Ik wil ook helemaal geen verkering.'

Ik zie de teleurstelling op Noahs gezicht. Ze slaat gauw haar ogen neer. Balen voor haar, maar ik ben wel blij voor haar dat het nu duidelijk is.

'Dus we nemen dit ontwerp?' vraagt Puck.

'We moeten hem er wel iets voor geven,' vindt Kiki. 'Hij had zo vijfhonderd euro kunnen vragen.'

'Dat hadden we dus niet gehad,' zegt Puck. 'Er zit nog honderd euro in kas en we moeten ook geld overhouden voor ons filmpje op YouTube.'

'We kunnen hem vijftig euro geven,' zegt Dennis.

'Komt voor elkaar,' lacht Puck. Ze haalt een briefje van vijftig uit de kas en stopt het in een envelop.

'Hoe zit het eigenlijk met Melanie?' vraagt Noah.

'Ze heeft iemand op het oog,' zegt Kiki. 'Hij denkt er-over. Dus dat is super spannend.'

'Wie is het?'

'Geen idee,' zegt Kiki. 'Ze heeft het mij ook niet ver-teld. Maar volgens Melanie breken we door als hij het doet.'

'Zeker super spannend,' zegt Puck. Ze gaat naar binnen en komt even later terug met cola.

'Waar blijft Laura?' Ze kan het vast niet vinden. Ik had moeten vragen of Puck het haar wilde uitleggen. Ik ben zo blij dat Laura ons filmpje wil maken. Ze heeft onze plannen gelezen en wil het scenario verder zelf beden-ken. Dat snap ik wel, ze moet er wel achter staan. Ze zei dat haar vader ook nog wel ideeën had. En het kost niks. Ik wil haar net bellen als ik haar zie aankomen. Ik loop naar buiten. 'Super dat je er bent.' Ik houd de deur voor haar open.

'Hier is ze!' zeg ik lachend tegen de anderen. 'Onze re-gisseur en filmer.'

Laura lacht verlegen. 'Hi!'

Ik stel iedereen aan haar voor.

'Vet hoor,' zegt Puck, 'dat je dit voor ons wilt doen.' Ze schenkt cola voor Laura in.

'Ik vind het een hele eer,' zegt Laura.

'Ik hoop dat je het nog steeds een eer vindt als je ons hebt gehoord,' lacht Kiki.

'Laten we wat spelen, jongens,' zegt Puck. Ze noemt de titel van een nummer. De bandleden nemen plaats achter hun instrumenten. Puck telt zachtjes tot drie en ze beginnen te spelen.

Ik zie dat Laura het goed vindt. Ze haalt een camera uit haar tas en neemt het op.

'Swingend, hoor!' zegt ze. 'Daar kan ik wel iets moois bij bedenken.' Ze kijkt naar de band. 'Als jullie nou allemaal een solo geven, dan bekijk ik het thuis.'

'Yes! Ik ben dol op solo's,' zegt Kiki. Ze laat een drumroffel horen.

'O jongens, Kiki gaat een solo geven,' zegt Dennis. 'Laura heb je een weekje? Als Kiki eenmaal begint, houdt ze nooit meer op.'

'Dan kunnen wij intussen even naar Ibiza,' zegt Noah.

'Ja hoor,' lacht Kiki. 'Trek je er maar niks van aan hoor, Laura. Zo doen ze nou altijd. Heb je geen medelijden met me?'

'Je krijgt drie minuten,' zegt Laura lachend.

10

Noah, Puck en ik staan bij de kapstok om naar huis te gaan als mijn mobieltje gaat. Het nummer komt me niet bekend voor. Het is vast iemand van de redactie van het tv-programma.

'Hi, met Britt.'

'Hello. This is Tom, radio station O from London speaking.'

Wat? Mijn mond valt open van verbazing.

'Are you the manager of Crazy Ontbijtkoek?'

'Eh… yes!'

'Sorry, I can't hear you. Probably connection problems. I'll call you back.' Hij hangt op.

'Radio O!' roep ik. 'Uit Londen!'

'Wat?' Puck en Noah komen om me heen staan.

'Ja,' zeg ik. 'Ik had Tom van radiostation O aan de lijn. Hij vroeg of ik de manager van de band was.'

'Nee!' roept Puck.

'Hij belt zo terug. Er was iets met de verbinding. Ik verstond hem wel, maar hij mij niet.'

'Misschien nodigt hij ons uit!' Noah springt een meter de lucht in.

Mijn mobieltje gaat weer. Iedereen is doodstil. Ik neem op.

'Hi, Britt here.'

'Sorry, I can't hear a single word. I want to talk with you about your website. I think I'd better send an email.' Dan hangt hij weer op.

'Hij stuurt ons een mail,' zeg ik. 'Hij kon me niet horen.'

'Was hij echt van radio O?'

'Ja, ik ben toch niet gek.'

'Wat zei hij nog meer?'

'Iets over onze website.'

'Misschien heeft hij onze nieuwe website gezien,' zegt Noah. 'Wat spannend!'

'Ik moet die mail lezen. Kom op, naar de studio.' Puck rent de trap af naar buiten.

'Opschieten! Ik moet weten wat erin staat.' Puck rijdt met beide handen in de lucht door rood.

'Crazy!' roep ik als we haar hebben ingehaald. 'Pas even op, hè? Anders kom je nooit te weten wat ze van ons willen.'

'Ik vind dat we de anderen ook moeten bellen,' zeg ik als we voor het verkeerslicht staan. 'Het is zo spannend. Radio O, wat moeten ze van ons? Misschien een optreden.'

'Weet je wat we doen?' zegt Noah. 'We wachten tot alle bandleden er zijn en dan maken we met z'n allen de mail open.'

'Als ik maar zo lang kan wachten,' zegt Puck. 'Ik sms Pim.'

'Ik sms Kiki wel,' zeg ik, 'en Noah, Dennis en John.'
Terwijl ik verder fiets, stuur ik de sms naar Kiki.

Een auto toetert omdat we met z'n drieën naast elkaar rijden, maar we trekken ons er niks van aan.

'Radio O is vet,' zegt Puck. 'Ik hoop zo dat... ach laat maar. Maar ze zijn vet.'

Mijn mobieltje gaat. 'Hi Kiki. Het is super spannend. In onze mailbox zit een mail van radio O uit Londen. Ene Tom belde net, maar hij kon me niet goed verstaan, vandaar de mail. We gaan hem zo openen. Super spannend. Ik heb geen idee wat erin staat, maar je wilt er vast bij zijn.'

'Met een zak drop!' roept Puck, die voor de snoepwinkel stopt.

'Vet!' zegt Kiki. 'Maar ik heb nog een lesuur. Ik kan echt niet. Bel me zodra jullie de mail hebben gelezen. Nee, sms maar, ik zit in de les. Wedden dat het over onze laatste song gaat? Die is keigoed. Bellen, hè?' Dan hangt ze op.

Noah en Puck komen naar buiten met een mega puntzak vol snoep. Puck stopt net een handvol snoep in haar mond als haar mobieltje gaat. Ze wil opnemen, maar kan niks zeggen met haar mond vol en geeft haar mobieltje aan mij.

'Hi Pim, we hebben een mail van radio O uit Londen. We maken hem zo open,' zeg ik.

'Wow!' roept Pim. 'Ik kom eraan.'

'Dennis komt er ook aan,' zegt Noah als ik heb opgehangen. 'Hij belt John.'

'Je moet Laura ook bellen,' zegt Puck.

Laura hoort er al een beetje bij. Toen ze bij ons in de studio was geweest, hebben we met zijn allen nog iets gedronken en gebrainstormd over het scenario. Ze heeft echt heel goeie ideeën. En iedereen vindt haar ook aardig. Het klikt gewoon.

Ik bel meteen Laura.

'Hi Laura, we hebben net een mailtje van radio O. We gaan het zo openen. Wil je erbij zijn?'

'Ja, ik kom! Spannend! Ik heb trouwens al een eerste opzet van het filmpje, dan laat ik het meteen zien.'

'Gaaf! Tot zo.'

We fietsen het pad op naar de studio en gooien onze fietsen in het gras.

Puck opent de studio en zet meteen de laptop aan. Het duurt misschien maar twee minuten voordat we de website hebben, maar het lijkt zo lang als je erop wacht.

We zien het alle drie tegelijk.

'We hebben een bericht!' zegt Puck.

'Ja hoor, radio O!' Noah begint te giechelen van de spanning.

'Niet openmaken,' zeg ik tegen Puck. 'We wachten op de anderen.'

'O, Britt!' Puck knijpt in mijn hand. 'Ik vind het zo spannend. Stel je voor dat ze ons uitnodigen.'

'Kom op met die mail,' zegt Dennis, die net binnenkomt. 'Pim komt er ook aan.' En inderdaad, nog geen minuut later komen Pim en Laura gehaast binnen.

Ik loop naar buiten en zie John aankomen. Gelukkig, want Puck houdt het echt niet meer.

'Hier is-ie!' Puck wijst op de mail. 'Oké,' zegt ze. 'We zijn er allemaal.'

'Nee!' roept Pim. 'Kiki is er nog niet.'

'Kiki komt niet,' zeg ik. 'Ik heb met haar afgesproken dat ik haar sms.'

'Daar gaat-ie dan!' Puck klikt de mail open.

Noah knijpt in mijn hand. Wow, het is een zeer lange mail, in het Engels. 'Dennis, lees jij hem maar,' zeg ik. 'Jij hebt een paar jaar in Amerika gewoond.'

Dennis leest de mail door, maar zegt niks.

'Hardop natuurlijk!' roept Puck.

Maar Dennis zit verslagen achter de laptop. 'Ze nodigen ons helemaal niet uit,' zegt hij. 'We moeten dokken, jongens. Fijne party.'

'Geen geintjes nu,' zeg ik.

'Dit is geen geintje,' zegt Dennis. 'Ze zeggen dat wij hun website hebben gejat.'

Puck klikt gauw hun website aan. Noah geeft een gil. Het ziet er precies hetzelfde uit als onze site. In de wolken hangen in plaats van onze hoofden de gezichten van de dj's. In de bliksemschichten waar bij ons de songs staan, zie je hun programma's.

'Shit!' roept Puck.

'Die gast heeft ons mooi te pakken gehad,' zegt Dennis, en hij begint codes in te typen.

'Wat doe je?' roept Puck.

'Ik haal onze site uit de lucht,' zegt Dennis. 'Of wil je betalen?'

'Dat kan niet,' zegt Puck. 'Crazy Ontbijtkoek moet online.'

'Betaal jij dan die duizend euro per dag?'

'Waar heb je het over?'

Dennis leest het voor. 'Elke dag dat we jullie site nog in de lucht zien, kost het jullie duizend euro.'

Ik baal. We balen allemaal.

'Die Michael is een super eikel,' zegt Laura. 'Waar heb je die gast opgedaan?'

'Wat een klootzak!' roept Puck. 'Hij kan die duizend euro per dag betalen.'

'Hoe wou je dat doen?' vraagt Dennis. 'Je hebt geen bewijs.'

Dat is waar, Michael heeft zijn ontwerp op een USB-stick gezet.

'En ik dacht nog dat hij dat voor mij deed,' zegt Puck. 'En met zo iemand heb ik gezoend! Wat een misselijke gast.'

'Wie weet heeft hij bij De Blauwe Stoep ook dit soort geintjes geflikt,' zegt Noah, 'en hebben ze hem daarom weggestuurd.'

'Dat zou best kunnen,' zeg ik. 'De manager ging toch ook nergens op in? En volgens Wouter was het zo'n toffe gozer…'

'We pakken hem terug,' zegt Puck boos. 'Dit laten we ons niet zomaar gebeuren. En ik heb zijn voicemail nog ingesproken ook en hem bedankt.'

'Wat zal hij hebben gelachen,' zegt Pim.

'Maar wij gaan ook lachen, jongens,' zegt Puck. 'Dan moet hij niet bij mij zijn.'

'Heb je hem die vijftig euro nog gegeven?' vraagt Dennis.

Puck knikt. Ze tikt tegen haar hoofd. 'Ik ben crazy geweest. En ik zei nog dat ik zo'n goeie smaak had. Ja,
voor eikels.'

11

Ik was vanochtend al vroeg op de set. Als de laatste scène voorbij is, kijk ik Maria aan. Het moet vast over.
'Mooi geacteerd, Britt,' zegt ze. 'Heel naturel.'
Dit had ik dus nooit verwacht. Zelf vond ik het helemaal niet zo goed gaan. Het was een heel stille scène.
Ik moest me verbergen achter een paar struiken en dan
naar het kasteel waar Rogier woont kijken. En daarna
moest ik huilen, omdat ik dacht dat hij zonder mij was
vertrokken. Stil spel vind ik altijd moeilijk. Maar het
ging dus toch gelukkig goed.
Ik wil Laura opzoeken als ik Pierre zie lopen. Hij is een
stagiair van de filmacademie. Vanochtend heb ik me
slap gelachen met hem. Hij is super melig. 'Jij moet
weg, hoor,' zei ik toen de opnames begonnen. 'Als ik
jouw hoofd zie, kan ik me niet concentreren.'
Pierre zwaait naar me.
'Zullen we wat drinken?' vraag ik als hij dichterbij
komt.
'Gezellig,' zegt Pierre.
Ik neem hem mee naar de kantine en bestel voor ons
alle twee een cola.

'Gisteren heb ik Melanie voor het eerst gezien,' zegt Pierre. 'Ik werd helemaal verlegen. Ik ken haar alleen van de tv. Ze zal wel gedacht hebben: wat een eikel. Ik wist even niks te zeggen.'

'Logisch,' zeg ik. 'Dat hadden we allemaal in het begin. Nu ben ik al zo vertrouwd met haar. Ze is heel aardig. Laura heeft trouwens hetzelfde als jij, die is ook verlegen als Melanie erbij is. Laura is er ook nog niet zo lang.'

'Laura speelt wel goed,' zegt Pierre. 'Dave ook trouwens. Lijkt me wel maf, dat je broer en zus speelt terwijl je verliefd op elkaar bent.'

'Verliefd...?'

'Ja,' zegt Pierre. 'Daar kwam ik gisteravond pas achter. Wist ik veel, ik ging gewoon wat drinken in de kantine, zitten zij daar met zijn tweetjes te zoenen. Ik ben maar weggegaan.'

Ik laat bijna mijn colaglas vallen. 'Gaat dit over Dave?'

'Ja, die Rogier speelt.'

'En Dave zoende met Laura?' Ik voel dat ik tril.

'Heb ik iets verkeerds gezegd?' vraagt Pierre.

Ik raak in paniek. Het is míjn vriendje, wil ik zeggen. We hebben al heel lang verkering. 'Was het echt Laura?'

'Ja, met dat bruine haar, en die sproeten. Dus jij wist nog niet dat ze iets met elkaar hebben? Misschien is het net aan. Ik vind ze wel bij elkaar passen.' Pierre praat door, maar ik hoor niks meer van wat hij zegt. Dave heeft met Laura gezoend. Het lijkt wel een nachtmerrie. Gisteravond waren ze hier voor hun filmpje voor YouTube. En ik vroeg vanochtend nog hoe het was gegaan. Prima, zeiden ze.

Ineens vliegt het me aan. Ze hebben gezoend.

'Ik moet weg,' zeg ik en ik ren de kantine uit.

Buiten bel ik Puck. 'Hi, ik sta hier te shaken. Dave heeft met Laura gezoend. O Puck, ik voel me zo rot.'

'Hoe weet je dat?'

'Van Pierre, een stagiair. Vanochtend heb ik ze nog gezien. Ze zeiden niks, Puck. Ik… die Laura hoef ik nooit meer te zien. Ons filmpje hoeft ze ook niet meer te maken. Ze kan oprotten met haar scenario. Puck, wat moet ik nou?'

'Is ze nog op de set?'

'Ja, ze loopt hier ergens rond.'

'Wacht haar op en zeg dat je het weet. Kijken hoe ze reageert. Misschien leek het alleen maar zo.'

'Puck, ze heeft het uitgemaakt met haar vriendje. Ze was zogenaamd zo desperate. En nou zoent ze met mijn Dave.'

'Britt, hoor je me? Ga het eerst uitzoeken.'

Ik schrik als ik Laura aan zie komen. Ze zwaait nog naar me.

'Het ging zeker heel goed,' zeg ik.

'Ja, hoe weet je dat? Het ging super.'

'Je hebt zeker je dag,' zeg ik.

'Hoe bedoel je?'

'Je zult wel een super goed gevoel hebben.'

'Britt, waar heb je het over?'

'Dat je mijn vriendje hebt afgepikt.'

129

'Hoe kom je daarbij?'

'Laura, lieg niet. Je hebt met Dave gezoend.'

Laura trekt wit weg. Het is dus waar wat Pierre zei.

'Nou?' dring ik aan.

Laura kijkt me onzeker aan. Er staan tranen in haar ogen. 'Britt, sorry, ik vind het zo stom van mezelf.' Ze begint te huilen. 'Ik ben zo helemaal niet. Ik…'

'Wat?' roep ik. Ik heb het gevoel alsof mijn wereld instort.

'Ik ben helemaal niet verliefd op hem…'

Dus het is echt gebeurd. Dit is zo vals, ik tril van woede en paniek. 'Je hebt hem versierd. Mijn vriendje! En dan nu zitten janken. Ik dacht nog wel dat ik je kon vertrouwen.'

'Britt, het spijt me.'

'Donder op met je spijt, ik wil niks meer met je te maken hebben.' Ik draai me om en loop weg.

'Britt!' Laura loopt achter me aan en pakt mijn arm. 'Britt, luister nou.'

Ik ruk me woest los. 'Blijf van me af!' Ik kijk haar fel aan. 'Het zal je geraden zijn dat het je spijt. Je hebt met mijn vriendje staan zoenen. Barst maar!' Ik draai me om en loop weg. Ik ben zo nijdig. Ik hoef niet eens te huilen. Ik moet er niet aan denken om bij Ed in de auto te zitten. Ik hoef even niemand te zien. 'Ik ga zelf naar huis,' zeg ik als hij naar me toe komt. 'Ik pak de bus, zo ver is het niet.' Zonder op antwoord te wachten loop ik door. Ik ben kotsmisselijk. Ik weet niet eens hoe ik me voel. Ik ben zo ongelooflijk bedrogen. Dave heeft met Laura gezoend. Hoe kon hij? Het duizelt me allemaal.

Ik loop voor het bushokje heen en weer. Wat moet ik nu? Dave heeft me bedrogen met Laura.

Gelukkig, ik ben er. De busrit duurde voor mijn gevoel wel uren. In het centrum, op het plein, stap ik uit. Ik voel dat ik een beetje wiebelig ben als ik naar ons café loop. Ik heb met Puck en Noah in de bus gebeld. Ik weet niet eens meer wat ik precies heb gezegd. In elk geval wel dat Dave heeft gezoend met een ander.

De fietsen van Puck en Noah staan er nog niet. Ik denk dat ik maar buiten op hen wacht. Zo meteen zitten Nick en Max binnen. Ik wil nu niemand zien. Ik ben bijna bij het café als ik geschrokken blijf staan. Daves fiets! Hij is binnen met Wouter. Ik schiet een zijstraat in. In paniek bel ik Puck.

'We zijn er in een seconde,' zegt Puck meteen.

'Dave zit er.'

'Shit! Dave zit er,' hoor ik haar tegen Noah zeggen.

'Aan de andere kant van het plein is het café waar we eerst altijd kwamen. Ga daar maar heen. Lekker rustig, daar komt niemand meer van school.'

Ik steek het plein over. Als ik aan kom lopen, zijn Noah en Puck er al.

Noah pakt me vast. 'Jank maar, Britt, voor ons hoef je je niet in te houden.'

Puck loopt het café al in. Ik schaam me dood en veeg gauw mijn tranen weg.

'Niet bij het raam!' roept Noah. 'Zo meteen komt Dave langs en dan ziet hij ons.'

Er is nog maar één tafeltje vrij. Van buitenaf kun je

ons wel zien, maar het staat tenminste niet voor het raam.

Puck loopt naar de bar. Ik ben zo blij dat ik bij mijn vriendinnen ben. Even later komt Puck terug met drie cola.

'Ik dacht dat Laura mijn vriendin was,' snik ik.

'Britt,' zegt Noah. 'Je kunt nou wel kwaad op Laura zijn, maar dit heeft Dave mij dus ook geflikt. Herinner je het je nog?'

Shit! Daar heb ik nog niet eens aan gedacht. Toen Noah verkering had met Dave, heb ik met Dave gezoend. Ik voelde me achteraf zo schuldig. Zou Laura zich ook zo voelen?

'Ze had het me moeten vertellen,' zeg ik. 'Nou moest ik het van Pierre horen.'

Puck wenkt de ober en bestelt een portie kaaskoekjes.

'Dat vond ik dus ook zo erg,' zegt Noah. 'Dat jij me niks had verteld, Britt. Mijn beste vriendin.'

'Omdat ze echt smoor was op Dave,' zegt Puck. 'Daarom durfde ze het niet te zeggen.'

'Denk je dat Laura ook verliefd op hem is?'

'Natuurlijk niet,' zegt Noah. 'Die is er gewoon in gestonken. Dave is niet te vertrouwen, dat blijkt nu maar weer. Hij doet fucking precies hetzelfde. Sorry, Britt, maar je had het kunnen weten.'

'Dus jij denkt dat het Dave was die…'

Puck en Noah knikken.

Voor mij maakt dit het nog erger. Als hij nou was versierd, kon ik nog geloven dat het een vergissing van hem was.

'Ja, Britt,' zegt Puck. 'Je hebt een loser genomen, net als ik. Proost.'

'Het is wel even iets anders,' sputter ik tegen. 'Jij hebt alleen maar gezoend met Michael. Dave en ik hebben al heel lang verkering.'

'Daar loopt hij!' Ik zie Dave met Wouter langs het raam lopen. Ze blijven staan.

'Ze zien onze fietsen,' zegt Noah. 'Ja hoor, kijk maar, ze kijken naar binnen.'

Ik duik weg.

'Wouter zwaait naar me,' zegt Puck.

Help, wat moet ik doen!

'Ze lopen naar de deur,' sist Noah.

Ik sta op en ren de wc in. Voor de zekerheid doe ik de deur op slot. Al moet ik hier de halve nacht blijven zitten, ik wil hem niet zien. Maar ik hoef niet bang te zijn dat het zo lang gaat duren. Juist in dit soort dingen is Puck super slim. Ik hoor het haar zo zeggen: 'Heel gezellig, boys, maar ga maar ergens anders klieren, want wij moeten iets bespreken.' Trouwens, Dave denkt dat ik op de set ben. Hij kan niet weten dat ik met de bus naar huis ben gekomen. Ik luister aan de deur. Bij elke voetstap die ik hoor, hoop ik dat het Puck of Noah is, die komt vertellen dat ze weg zijn gegaan.

Heb ik even mazzel dat Noah eraan dacht niet bij het raam te gaan zitten. Nu komt hij er niet achter.

Shit! Mijn tas! Ik heb mijn tas laten staan. Wat stom! Dave herkent hem meteen.

Help, ik hoor voetstappen. Mijn hart klopt in mijn keel.

'Britt,' hoor ik.

Dave! Het is Dave! Ik houd mijn adem in. Ik hoor ge-
schuifel van voeten. En dan wordt er op de deur ge-
klopt.

'Britt.' Dave rammelt aan de deur. 'Britt!'

12

Dat heb ik weer!

Help me! Ik zie het ff helemaal niet
meer zitten. Laura heeft met Dave
gezoend. Mijn Dave! Dat hoorde ik
op de set. Ik hoopte nog ZO dat het
niet waar was. Maar ze heeft het
toegegeven, en Dave vanmiddag
ook. Wat moet ik doen????
Desperate Britt

Geplaatst door: Britt | Reacties (1)

Reactie van Kelly
Wat erg voor je, Britt. Ook
dapper van je dat je het hem
hebt gevraagd. Gaf hij het
meteen toe? Of probeerde hij er
nog onderuit te komen?
Dat laatste deed mijn ex, die
hield stug vol dat het niet zo
was.
Kelly

Ik hoefde het niet te vragen, hij kwam er zelf mee. Ik zat met Noah en Puck in het café en toen kwam hij binnen met Wouter, zijn vriend. Ik schrok me dood. Die wil ik niet zien, dacht ik en ik heb me verstopt in de wc. Maar ik, oen die ik ben, laat mijn tas staan. Lekker snugger dus. Zat ik daar op de wc en toen klopte hij op de deur. Ik hield me stil, maar hij riep een paar keer mijn naam. En toen zei hij: 'Britt, het was stom van me, het stelde niks voor.

Het gebeurde gewoon.' Hij gaf het zelf toe. Ik vroeg niet eens iets. Ik ben zo ongelooflijk kwaad.

Geplaatst door: Britt I Reacties (1)

Reactie van Sara
O Britt, dat heb ik ook een keer meegemaakt. Toen hebben die jongen en ik heel lang gepraat. En hij maar zeggen dat hij er spijt van had. En ik was zo stom om erin te trappen. En wat denk je? Na een week had hij weer met iemand gezoend!!! Hopelijk heb jij je niet laten ompraten.
x Sara

We hebben helemaal niet gepraat. Ik zat nog steeds op de wc met de deur op slot. En toen hoorde ik zijn vriend roepen. Ze moesten naar basketbal. 'Ik maak het goed!' riep hij nog en

daarna was hij weg. Hij zal na trainen wel wat van zich laten horen. Ik ben zo sad. Ik kan het gewoon niet geloven. Dat mijn Dave zoiets doet. Af en toe denk ik dat het een nachtmerrie is. Britt

Geplaatst door: Britt I Reacties (7)

Reactie van Kelly
Wat een loser, Britt. Dat hij met een ander heeft gezoend is al zo misselijk, maar hij is ook nog naar trainen gegaan. Dat geloof je toch niet?
x Kel

Reactie van Tamara

Helemaal mee eens, Kel. Je slaat toch een keer dat trainen over als er zoiets is? Hoe duidelijk kan iemand zijn? Hij geeft niks om je. Uitmaken, Britt.
Tamara

Reactie van Reinoud

Hi Britt, ben het helemaal met Tamara eens. Dumpen zo'n lichtgewicht. Je kunt wel wat beters krijgen. Hij zit toch bij je op school? Morgen meteen uitmaken. Life goes on, niet treuren hoor, om zo iemand. Wees maar blij dat je het nu weet.
Reinoud

Reactie van Jasper

Hi Britty, ik wil het wel voor je uitmaken. Geef zijn nummer en ik bel hem op. Als je liever hebt dat ik naar hem toe ga, doe ik dat ook. Je hoeft alleen maar te zeggen waar hij woont. Daarna kom ik je dan halen. Wedden dat je geen seconde liefdesverdriet hebt als je in mijn armen ligt?
Je loving Jaspertje

Reactie van Sara

Heel goed, Jasper, maak jij het maar uit voor Britt. Dan maak ik vast een afspraak voor je bij de psychiater. Ik denk wel dat het een lange opname gaat worden. *** boring *** Maar wie weet word je dan nog eens normaal.
Sara

Reactie van Kelly

Jullie moeten geen aandacht aan die crazy besteden. Britt, laat ons weten als je het hebt

uitgemaakt, hè? Nog een tip: doe het niet @ school. Je kunt beter naar hem toe gaan. Dat is veel sterker. In 1 minuut ben je weer weg. Je zegt dan: 'Ik kom alleen even zeggen dat het uit is.' Zoiets, en dan wegwezen. Maak daarna maar een testje.
Liefs Kel

Reactie van Tamara
Ik zou hem mailen. Drie woorden.
HET IS UIT! Kan die eikel je ook niet
ompraten.
Tamara

Wat doe je als jouw vriendje heeft gezoend met een andere girl?

♡ Ik maak het meteen uit!

♣ Eerst ga ik met hem praten en vragen waarom hij het heeft gedaan.
Daarna neem ik pas een beslissing.

♢ Wat hij kan, kan ik ook! Ik neem wraak
door zelf ook met iemand anders te
gaan zoenen. Ik weet nog wel een cutie!

♠ Ik biecht op dat ik ook vreemd ben gegaan.
Nu hoef ik me niet meer schuldig te voelen…

☆ Ik vergeef het hem. Het kan een keer gebeuren, maar wel maar 1x!

Uitslag

♢ Jij hoeft geen verkering met zo'n loser die vreemdgaat! Jij denkt natuurlijk: als hij
het 1x doet, gebeurt het vaker. Misschien heb je gelijk, maar hopelijk stuur je niet
de liefde van je leven weg… ☹

♣ Super verstandig! Misschien kan hij uitleggen wat er is gebeurd en valt het toch
mee. Of blijkt het allemaal een misverstand te zijn… Zo niet, dan kun je het altijd
nog uitmaken. Toch?

♢ Dan staan jullie gelijk en kunnen jullie gewoon lovers zijn. Of ben je nu verliefd
op die andere hunk?

♠ Het komt jou dus eigenlijk wel goed uit. Volgende keer kun je het beter meteen
vertellen. Dat is eerlijker! Of nog beter, helemaal niet doen…

☆ Als je echt vel van elkaar houdt, kun je zoiets soms vergeten. Maar je hebt
gelijk, dat lukt meestal maar 1x!

Geplaatst door: Britt | Reacties (0)

http://www.dathebikweer.com

Zuchtend staar ik naar mijn weblog. Ik weet niet hoe ik
het zal doen. Puck vindt dat ik helemaal niets hoef te

138

doen. Toen Dave weg was, kwam ze me uit de wc halen. We hebben nog een tijdje in het café gezeten.

'Negeren,' zei Puck. 'Die gast moet je gewoon negeren. Hij snapt zelf toch ook wel dat het uit is? Hij heeft met een ander gezoend.' Ik reageerde niet en toen schreeuwde ze het bijna door het café heen. 'Britt, jij denkt nog steeds dat hij van je houdt. Dream on, girl, maar waar is hij nu dan?'

Ik heb een sms'je van Laura. *Sorry Britt, voel me zo schuldig. Hoe kan ik het goedmaken?*

Ik reageer niet. In Laura heb ik nu even helemaal geen zin. Stel je voor dat Pierre zijn mond had gehouden, dan had ik het nooit geweten. Dave zou het echt niet hebben verteld. Never. Ik word woest als ik eraan denk. Ze hebben gewoon gezoend. Alsof hij geen verkering met mij heeft. Ik hoor het hem nog zeggen: 'Het stelde niks voor. Het gebeurde gewoon.' 'Gewoon' noemt hij dat, als je verkering hebt. En als het dan toch niks voorstelde, waarom deed hij het dan? Zelf zou ik het nooit hebben gedaan. Ik weet het zeker, tenminste niet zolang ik verliefd op Dave ben. Het is wel duidelijk: hij is niet meer verliefd op me. Als hij het al ooit is geweest. Nu weet ik het helemaal niet meer. Ik weet dat ik het uit moet maken, dat ik zo niet verder kan met hem. Ik doe wat Kelly zegt, ik ga naar hem toe. Hij zal raar opkijken als ik ineens tegenover hem sta. Maar ineens twijfel ik. Praat hij me niet om, net als bij Sara is gebeurd? Ik ben nog hartstikke verliefd op hem. Als hij heel lief doet, blijft het misschien toch aan. Dat moet niet. Ik wil geen vriendje die ik niet kan vertrouwen. Ik moet niet naar hem toe gaan, het is te moeilijk voor me. En om het op school te zeggen, zomaar ergens in de gang, vind ik ook niks. Stel je voor dat ik hem niet tegenkom? Zal ik hem opbellen? Ja, dat doe ik. Ik zeg het hem door de telefoon. Nu meteen. Ik haal diep adem en toets zijn nummer in op mijn mobieltje. Mijn hart bonkt in mijn keel. Als ik maar niet begin te janken. Daar heb ik dus helemaal geen zin in, dat ik huilend aan de lijn hang. Zijn mobieltje gaat over. Ik houd mijn adem in. Drie… vier… vijf keer en dan krijg ik zijn voicemail. Ik bijt op mijn lip. 'Dave, met Britt. Ik wil even zeggen dat het uit is. Je snapt zeker wel waarom.' Ik verbreek de verbinding en dan moet ik huilen. Het is uit! Ik heb het uitgemaakt! Ik val op bed neer en verberg mijn gezicht in mijn kussen. Ik had gedacht dat we altijd bij elkaar zouden blijven. Het is zo gemeen wat hij heeft gedaan, zo verschrikkelijk gemeen. Ik wil nooit meer een vriendje… nooit meer. Mijn mobieltje gaat over. Het is Dave. Ik laat mijn telefoontje rinkelen. Hij weet het nu. Ik wil hem niet meer spreken. Het liefst zou ik hem nooit meer willen zien. Maar we moeten nog samen in de film spelen. We moeten nog een paar heel romantische scènes opnemen. Hoe ik dat voor elkaar moet krijgen weet ik niet, ik wil er nu niet over nadenken. Ik hoor een piepje. Dave heeft mijn voicemail ingesproken. Maar ik wil niet eens weten wat erop staat. Het zijn toch allemaal leugens. Ik wis zijn bericht.

Ik ben alweer wat rustiger als mam mijn kamer in komt. 'Britt, ik wil even met je praten.'

Ze schrikt van mijn rode ogen. 'Ach lieverd, wat is er gebeurd?'

'Laat maar,' zeg ik. Ik heb echt geen zin om het mijn moeder te vertellen. 'Wat wil je met me bespreken?'

'Nee,' zegt mam. 'Een andere keer, dat lijkt me beter.'

'Dat lijkt mij ook beter.' Ze wil vast praten over Geitensok. En hoe moeilijk ze het vindt dat hij weggaat. Eindelijk. Maar nu heb ík er even geen zin in.

Het is al één uur 's nachts en ik lig maar te draaien in mijn bed. Na een paar uur woelen, sta ik op en lees voor de zoveelste keer die avond de mail van Laura.

Lieve Britt,

Sorry sorry sorry, Britt, 1000x keer sorry. Het is echt niet wat je denkt. Tussen Dave en mij is helemaal niets. Ik was verdrietig, het kwam door de clip. Ik dacht aan mijn vriendje, en dat het uit is. Ik kon niet meer spelen. Ik mis hem nog steeds. Dave zei dat we beter iets konden drinken. Ik heb het allemaal aan hem verteld. En hij luisterde naar me en troostte me. Ik vond het zo lief, hoe hij deed. Dat deed mijn vriendje nooit. Dave heeft zoveel geduld. Hij begreep me helemaal. We zaten naast elkaar. Hij had een arm om me heen geslagen, alleen om mij te troosten. En toen bedankte ik hem omdat hij zo super was geweest. Ik weet niet hoe het kwam, maar ik zoende hem ineens. Dave schrok er ook van. Hij ging er per ongeluk in mee, maar sprong toen op. Ik wil dat je dit weet. Denk er

141

nog eens rustig over na. Ik wil alles doen om het goed te maken. Zeg maar wat.

xxx Laura

Wat moet ik hiermee? Ik pak mijn mobieltje. Voor het eerst in al die tijd dat pap in Japan woont, bel ik hem op. Het kan me niet schelen hoe laat het daar is, ik wil er niet eens aan denken. Ik moet hem spreken. Paps mobieltje gaat een paar keer over. Neem nou op, denk ik, neem nou alsjeblieft op, pap. Shit! Ik krijg zijn voicemail. 'Pap, met mij…' Ik wil een bericht inspreken, maar ik begin te huilen en hang op. Nog geen minuut later gaat mijn mobieltje. Gelukkig, het is pap.

'Meisje van me, wat is er aan de hand?'

'Pap, het gaat allemaal mis,' snik ik.

'Wat gaat mis?'

'Alles. Het is uit met Dave. Hij heeft met Laura gezoend. Het is zo gemeen, pap.'

'Luister, schat, even rustig. Is Dave verliefd op die Laura?'

'Hij zegt dat het niks voorstelde, maar waarom doet hij het dan? Eigenlijk deed Laura het, dat zegt ze tenminste. Ze huilde en Dave troostte haar.'

'Ja, meisje, die dingen gebeuren.'

'Maar dan had hij toch niet hoeven zoenen? Hij had zijn gezicht weg moeten draaien.'

'Misschien krijgt hij wel heel erge spijt.'

'Denk je dat echt?'

'Ja, nu nog niet meteen,' zegt pap. 'Nu vindt hij het misschien zelfs nog stoer en spannend. Maar later, als

142

hij jou kwijt is, beseft hij ineens wat hij heeft wegge-gooid.'

'Dat zeg je maar om mij gerust te stellen.'

'Nee,' zegt pap. 'Ik denk dat het echt zo gaat, want jullie hadden het fijn. Er was geen reden voor. Ik heb mama natuurlijk zelf ook bedrogen met Yahima.'

'Nou dan,' zeg ik. 'Jij bent hartstikke blij met Yahima. Jullie krijgen samen een kind.'

Even blijft het stil. Waarom zegt pap niks? 'Of heb je spijt?'

'Soms denk ik wel dat mama en ik er samen doorheen hadden moeten gaan,' zegt pap. 'Maar mama was heel erg gekwetst. Ze wilde niet meer verder.'

'Ik wil Dave ook niet meer,' zeg ik. 'Dat is toch logisch? Hij heeft gezoend, pap. Met Laura.'

'Ja, ik snap je helemaal. Je bent gekwetst. Maar het kan dat hij spijt heeft.'

'Pech voor hem,' zeg ik. 'Dat had hij dan eerder moeten bedenken. Hij heeft met mij ook gezoend toen hij met Noah ging. Hij is gewoon zo.'

'Maar op jou was hij verliefd,' zegt pap. 'Het was geen spelletje, hij meende het.'

'Ben jij nog verliefd op Yahima?' vraag ik.

Maar pap geeft geen antwoord en begint over iets anders.

Ik barst van de buikpijn als we het schoolplein op fietsen. Gelukkig is iedereen al naar binnen. Puck, Noah en ik hebben expres een eindje verderop gewacht tot de zoemer ging. Dan zie ik Dave tenminste niet. Maar als we de school in lopen, is het nog hartstikke druk in de gangen. Ik blijf onder aan de trap staan. Puck rent naar boven om te kijken of ze Dave ergens ziet. Als de kust veilig is, fluit ze op haar vingers. Ik ren de trap op.

'Je moet niet meer fluiten, gek,' lach ik als ik boven ben. 'Zo meteen herkent hij je fluitje.'

Zonder mijn vriendinnen had ik niet naar school gedurfd. Telkens als we naar een ander lokaal moeten, gaat Puck of Noah op de uitkijk staan. We lopen naar geschiedenis als Noah wenkt dat Dave eraan komt. Ik schiet het wiskundelokaal in. Wat een stress.

'Ik ga niet naar de aula, hoor,' zeg ik in de pauze.

'Dan scoor ik even drie cola,' zegt Puck.

'Wij zitten bij het water!' brult Noah door de gang.

Nog harder, denk ik. Maar ik snap zelf ook wel dat het zo niet door kan gaan. Ik kan Dave niet blijven ontlopen. Ik zal hem een keer onder ogen moeten komen, anders wel op de set. Ik ga voor hem toch echt de film niet laten lopen. Trouwens, dat kan niet eens, ik heb een contract.

We zitten bij het water als Puck eraan komt.

'Zag hij je?' vraag ik als Puck een blikje cola naar me toe gooit.

'Ja,' zegt Puck. 'En daar was hij niet zo blij mee.'

'Hoezo?'

'Ik vroeg of Laura lekker kon zoenen.'

'Nee!' gil ik.

'Ja,' lacht Puck.

'Hoe reageerde hij?'

'Hij werd rood.' Puck ploft naast me neer. '"Heb je ge-zoend?" vroeg Wouter. Hij heeft het dus niet eens ver-teld. Ik liep door, heel langzaam, zodat ik Wouters re-actie kon horen. En ja, hoor. "Hé gast," hoorde ik Wouter nog zeggen. "Stiekemerd, waarom krijg ik zoiets niet te horen?"'

'Hij schaamt zich dus,' zegt Noah.

'De sukkel,' zegt Puck.

Maar ik ben juist blij dat Dave het niet heeft verteld. Dat had me nou heel erg geleken, als hij erover had op-geschept.

'Je gaat wel mee naar de studio, hè?' zegt Puck als ik mijn fiets uit de stalling heb gehaald. We hebben nog steeds geen plan om Michael terug te pakken. We moeten nu gauw iets bedenken, anders slaat het ner-gens meer op.

'Aan mij hebben jullie niks,' zeg ik. 'Ik heb nu totaal geen inspiratie.'

'Toch ga je mee,' zegt Puck. 'Wil je soms zielig op je kamer gaan huilen? Je moet verder, Britt. Kijk naar mij, alsof ik niet in de maling ben genomen door die Mi-chael.'

'Je had nog maar net verkering.'

'Hallo, ik dacht dat ik de liefde van mijn leven had ont-moet.'

Ik zie het aan Pucks gezicht, ik kom er niet onderuit. Ze heeft ook wel gelijk. Een beetje lol is ook goed, an-ders zit ik toch maar te piekeren.

'Komen de anderen ook?' vraag ik als we met zijn drieën de studio in gaan.

'Nee,' antwoordt Puck. 'Ze zijn allemaal te druk. Laura wilde wel komen, maar ik heb gezegd dat ik het niet wilde. "Je snapt wel waarom," zei ik. En ze begreep het. Ze klonk wel een beetje zielig.'

'Ja, ik heb medelijden met die bitch, nou goed,' snauw ik.

'Weet Michael dat we die mail van radio O hebben gekregen?' vraagt Noah.

'Nee,' zegt Puck. 'Hij denkt nog steeds dat we heel erg blij zijn met zijn ontwerp. En dat houden we ook nog even zo.'

'Ik vind dat we hem hier officieel moeten uitnodigen,' zeg ik. 'Hij krijgt zogenaamd een cadeau van ons. En als hij er is, gieten we een emmer water over zijn kop.'

'Super!' giert Noah.

Maar Puck vindt het niks. 'Dan gaat hij naar huis, trekt droge kleren aan en klaar. Nergens meer last van. We moeten iets veel ergers doen. Zodat hij zoiets nooit meer flikt.'

'Hij gaat toch stage lopen?' zegt Noah. 'Daar was hij toch zo trots op?'

'Super trots,' zegt Puck. 'Niemand van zijn klas had nog een stageplek gevonden. Dat vertelde hij mij meteen de eerste keer dat ik hem sprak, zo trots is hij erop. En hij kon uit twee super plekken kiezen. Die gast verbeeldt zich zoveel.'

'Wisten we maar waar hij stage gaat lopen,' zeg ik.

'Dan sturen we ze onze website. Dit heeft Michael voor onze band ontworpen. We waren er heel blij mee. Zeer professioneel.'

'Ja,' lacht Puck, 'en dan de website van radiostation O erachteraan.'

'Super,' zegt Noah. 'En even daarna die mail die we hebben gekregen.'

'Vet! Maar hoe komen we erachter waar hij stage gaat lopen?' vraagt Puck.

'Dat lijkt me niet zo moeilijk voor jou,' zeg ik. 'Vissen natuurlijk. Je gaat naar hem toe en hoort hem uit.'

'Kanjer!' Puck valt me om de hals. 'Ik vind je wel erg bijdehand voor iemand met liefdesverdriet.'

'Juist,' zeg ik. 'Er komen heel gemene dingen bij me naar boven. Pas maar op.' Met grijphanden ga ik naar haar toe.

Puck rent lachend weg. 'We gaan!' roept ze. 'Ik denk dat hij nu zijn laatste lesuur heeft.'

We zijn onderweg naar de grafische school als mijn mobieltje gaat.

'Het is Dave!' roep ik. Ik wil mijn mobieltje weer wegbergen.

'Opnemen,' zegt Puck. 'Zeg dat hij hiermee ophoudt.'

Puck ziet dat ik twijfel en rukt mijn mobieltje uit mijn handen. 'Met het levende antwoordapparaat van Britt. Ben jij het, loser? Britt heeft het uitgemaakt. Ze heeft geen zin om nog met je te praten. Duidelijk? Als ik jou was zou ik die Laura maar bellen. Succes.' Daarna verbreekt ze de verbinding. 'Is hij soms gek of zo!

Wat denken die boys wel.'

Ik kijk naar Puck, die voor me fietst. Dat zou ik dus never nooit durven. Zeker niet bij Dave. Maar ik vind het wel fijn dat Puck het heeft gezegd. Wat moet ik met die telefoontjes? Waarom moet hij me spreken? Het heeft toch geen zin. Ik weet nu al wat hij gaat zeggen. 'Sorry Britt, heel stom van me.' Wat heb ik daaraan? Mijn vertrouwen is weg. Ik baal dat hij heeft gebeld. Ik voel me meteen weer sad. Ik mis hem. Hoe moet dat volgende week op de set? Ik kan Puck en Noah toch moeilijk meenemen? Ik moet het zelf doen. Als het me maar lukt... Ik denk dat ik geen woord over mijn lippen krijg. En we moeten die zoenscène nog wel spelen.

'Ik vind het niet zo gek dat hij belt,' zegt Noah als we voor het verkeerslicht staan.

'Nou, ik anders wel,' zegt Puck. 'Ze heeft het toch uitgemaakt? Dit noem ik stalken. Kijk dan naar Britt! Je voelde je net een beetje vrolijk, en nou zit je meteen in een dip. Daar baal ik van.'

Puck heeft wel gelijk. Ik heb meteen weer die knoop in mijn maag.

De rest van de weg denk ik aan Dave. Hoe heeft het nou kunnen gebeuren? Het ging zo goed tussen ons. En van Laura snap ik het ook niet. Ze is niet eens verliefd zegt ze, waarom doet ze dan zoiets? Als ik een jongen wil bedanken, ga ik hem toch ook niet echt zoenen? Ja, op zijn wang misschien. Maar niet op zijn mond.

'Hallo, we zijn er.' Puck geeft een rukje aan mijn stuur om mijn aandacht te trekken.

'O eh… ja natuurlijk.' Ik cross achter haar en Noah aan de stoep op.

'Daar staat hij, bij zijn scooter.' Puck wijst. 'Als we een minuut later waren, was hij vast weggeweest.' Ze zwaait naar hem.

'Ik wacht wel hier,' zeg ik als Puck haar fiets tegen het hek zet.

'Nee, jullie moeten mee,' zegt Puck. Ze draait haar gezicht naar ons toe. 'Zie ik er verliefd uit?'

Noah en ik schieten in de lach. Ze kijkt super verliefd. Een beetje te zelfs. Ik kijk naar Michael, die tegen zijn scooter aangeleund staat. Dat we nog aardig tegen die oen moeten doen. Het is toch walgelijk wat hij ons heeft geflikt? We hebben nog geluk dat radiostation O niet meteen naar de rechter is gestapt. Wie weet hoe hoog de boete dan was geweest.

Ik doe net alsof ik op de set sta en lach naar hem.

'We komen je nog even bedanken,' zegt Puck slijmerig.

'Het is zo gaaf wat hij voor ons heeft ontworpen,' zegt ze tegen zijn vrienden. 'Hebben jullie het gezien?'

'Ik heb het niet laten zien,' zegt Michael, die nu op zijn scooter zit. 'Niet goed voor hun ego.'

'We hebben nog wel meer ontwerpopdrachten voor je,' zegt Puck. 'Maar dan wel tegen betaling natuurlijk. Of heb je geen tijd? Want je gaat stage lopen, hè?'

'Wat je stage noemt. Ik krijg een zeer belangrijke functie in een bedrijf. Boys, is het klusje niks voor jullie? Jullie hebben toch nog geen stageplek.'

'Opschepper,' zegt een van de jongens.

'Hoezo opschepper? Jullie moeten smeken of ze je alsjeblieft willen hebben en ik kan overal terecht. Ik krijg zelfs meer aanbiedingen dan ik aankan. En niet van die lullige bedrijfjes hoor, zoals jullie. Maar van topbedrijven.'

Wat een erge gast is dit! Dat Puck daarop is gevallen!

'Welk bedrijven?' vraagt Puck schijnheilig.

'Je kent ze toch niet, dus het heeft geen zin de namen te noemen. Hou jij je nou maar met je band bezig.'

'Ik heb er hartstikke veel verstand van. Mijn neef is ook ontwerper.'

'Oké dan. Tonen, zegt dat je iets?'

'Zo, mag je daar werken? Niet gek.' Puck steekt haar duim op.

'Daar werkt zo'n zeventig man,' zegt Michael trots. 'Ze werken me eerst in en dan krijg ik waarschijnlijk een job aangeboden. Maar ik maak eerst mijn school af.'

'Voor je het weet ben je directeur, man,' zeg ik.

'Ja hoor, vast.' De andere jongens lachen.

Tonen dus. Ik prent de naam in mijn geheugen.

'En dat andere bedrijf?' vraagt Puck.

'Gold. Vraag maar aan je neef, die is mega groot. Ik weet nog niet wat ik zal kiezen. Ze zijn alle twee super en ze willen me heel graag hebben. Ze vechten om me, heb ik gehoord.'

'Geef er een aan je vrienden hier,' zeg ik.

'Dat gaat niet,' zegt Michael. 'Ze vragen mij, hè? Ik ben natuurlijk niet de eerste de beste student, al zeg ik het zelf. Ik heb hartstikke veel talent. Dat vinden de leraren ook.'

'Ja, dat heb je wel bewezen,' zegt Puck slijmerig. 'Een

super website. We zijn je eeuwig dankbaar. Maar eh, we gaan weer eens.'

'Zie ik je nog?' vraagt Michael.

'Zeker,' zegt Puck en ze geeft een kushand. 'Je hoort snel van me.'

Zodra we in de studio zijn, googelt Puck alle twee de bedrijven. Ze bestaan echt, dat valt me nog mee. Van die gast kun je alles verwachten.

'Yes!' zegt Puck. 'Eerst Tonen.' Ze klikt hun website aan.

'Contact,' zegt Noah. 'Bovenaan. Super, je kunt ze mailen.'

'Daar gaat-ie,' zegt Puck en ze begint te tikken. *Beste mevrouw/meneer.*

'Nee, je moet er "directie" boven zetten,' zeg ik.

Beste directie,
Michael van der Plas wil stage bij uw bedrijf lopen. Wij zijn van Crazy Ontbijtkoek, een band. Wij raden hem zeer aan. Hij heeft namelijk onze website ontworpen. We waren heel blij met zijn originele ontwerp. En hij zit nog op school. Kijkt u zelf maar eens. Ik stuur u de link van onze website.
Met vriendelijke groet,
Britt, manager Crazy Ontbijtkoek

Puck drukt op Verzenden. 'Yes! Hij is weg.'

'Een paar minuten wachten,' zeg ik, 'dan de volgende mail.'

'Mag ik die doen?' Noah heeft de laptop al op schoot.

Beste directie,

Daar ben ik weer. Hebt u het artwork van Michael van der Plas al bekeken? U denkt natuurlijk, wat een talent. Waar haalt hij zoiets flitsends vandaan? Dat dachten wij ook. Hier heeft hij het vandaan. Daarom stuur ik u deze link.

Met vriendelijke groet,

Britt, manager Crazy Ontbijtkoek

'Nu mag ik,' zeg ik als de mail is verzonden.

Beste directie,

Ik stuur u de mail die wij van radio O kregen. Als u 1000 euro per dag wilt betalen, moet u Michael van der Plas in uw bedrijf halen. Groet, Crazy Ontbijtkoek (We zijn niet helemaal crazy.)

We juichen als de laatste mail is verstuurd.

'En nu nog Gold mailen. Daar ga je, loser!' En Puck klikt de web-site van Gold aan.

13

Dat heb ik weer!

Big surprise! ☺
Gisteren werd ik opeens gebeld door de tv. Er is vandaag een opname uitgevallen en in plaats daarvan willen ze ons opnemen. Ik zei natuurlijk meteen ja. Maar nu het zover is, vind ik het wel MEGA eng... We moeten een uur eerder komen, om met Robert ten Brink kennis te maken. Wish me luck!!!!
x Britt

Geplaatst door: Britt | Reacties (2)

Reactie van Kelly
Zet 'm op, Britt, het is juist fijn dat je het niet van tevoren wist. Dan zit je maar te stressen. Nog mazzel dat jullie konden! Ik duim voor je met al mijn BF's.
x Kelly

Ik krijg een sms'je van Noah. Het zoveelste vandaag. Wat is het toch een schat. *Hi Britt, ik denk aan je… xxx*

Puck is niet zo van het sms'en en heeft vanochtend al gebeld. Toch voelt het heel kaal. Anders zou Dave altijd bellen. Vorige keer heeft hij ons nog gered. Als hij ons niet naar het station had gebracht, waren we echt te laat gekomen. Toen was het nog goed tussen ons. Hij heeft me gisteravond nog gebeld. Ik heb niet opgenomen. Ik ben toch al zo gestrest. Het moet vandaag goed gaan, dat is nu even het allerbelangrijkst. Van Laura kreeg ik weer een heel lange mail. Ze heeft er erge spijt van. Ik geloof haar wel, maar ik heb geschreven dat ik nu even geen contact wil.

Keiharde muziek dendert door het huis. Lucas weer. Ik zeg er maar niks van, hij vindt het ook zo spannend. Ik bekijk mezelf nog één keer in de spiegel. Ik zie eruit als een zombie; dat komt omdat ik zo slecht slaap. Sinds het uit is, lig ik maar te piekeren. Gelukkig worden we straks nog geschminkt.

'Britt!' roept Lucas. 'Hij is er!'

Ik storm de trap af. Lucas rent naar me toe. 'Een BMW!' roept hij blij.

'Jij mag voorin zitten,' zeg ik als we naar de auto lopen. Lucas voelt zich net een filmster. De buurkinderen komen aanlopen.

'Waar ga je heen?' vragen ze aan Lucas.

'Mag ik niet zeggen. Jullie zien het vanzelf wel. Ik word ook beroemd.'

'Zeker in de film van je zus.'

'Mis,' zegt hij.

'Lucas, kom,' zeg ik. Zo meteen verraadt hij het toch nog op het laatste moment. Als de buurkinderen het weten, weet mam het straks ook. Ik ga achterin zitten. Ik ben wel wat gewend van de film. Ik heb al zo vaak in een auto naar de set gezeten, maar toch heb ik trilbenen.

Als we de schminkkamer in gaan, knijpt Lucas in mijn hand. In een van de stoelen zit Robert ten Brink. We blijven als versteend op de drempel staan. Hij ziet ons in de spiegel en draait zich om.

'Hallo, jullie zijn zeker Britt en Lucas.'

Ik kan even niks zeggen. Het is hem echt! Hij ziet er

wel een beetje anders uit, met al die make-up op zijn gezicht.

'Hebben jullie er zin in?' vraagt hij.

'Heel erg,' zeg ik en ik geef hem een hand.

'We weten al wie we willen,' zegt Lucas.

Echt Lucas weer. Wie zegt dat nou? Robert ten Brink moet lachen. 'Vertel dat straks maar aan me. We gaan zo meteen even gezellig babbelen.'

Ik ben er wel aan gewend dat ik word opgemaakt, maar Lucas niet.

'Het voelt wel een beetje plakkerig,' zegt hij als we klaar zijn. We moeten in een kamertje op Robert ten Brink wachten.

'Snoep!' Lucas rent op een pot drop af. Op een schaal ligt van alles; Snickers, Bounty's en Mars-repen. Ik kan geen hap door mijn keel krijgen, maar Lucas propt zich vol.

'Niet te veel drinken,' zeg ik als hij zijn tweede blikje cola open wil maken. 'Zo meteen moet je onder de opnames piesen.'

Wat is Robert ten Brink een aardige man! Hij heeft heel lang met ons gepraat. Over de scheiding, en hoe het voor ons is. En hoe we het voor ons zien als mam een andere man heeft. Hij wilde ook alles over pap weten. Maar hij vertelde ook over zijn eigen dochters. Hij lijkt me een super vader. Ik vergat gewoon helemaal dat ik met een BN'er stond te praten.

Nu is het bijna zover. De bussen met het publiek zijn aangekomen en het publiek zit in de zaal. Iemand oefent met ze hoe ze moeten klappen. Lucas en ik staan achter een scherm.

'Straks klappen ze ook voor ons,' fluistert Lucas.

Robert ten Brink loopt langs ons. 'Toitoitoi!' Hij steekt zijn duim op en gaat de trap af. Ik hoor het applaus. Die trap, ook nog zoiets. Echt iets voor mij om daar vanaf te vallen.

'Er is een leuning,' fluistert Lucas, die mijn paniekerige blik ziet.

'Nou en?'

'Ik ga roetsjen.'

'Nee, gek!' sis ik.

'Grapje.' Lucas grinnikt.

Een mevrouw zegt dat het bijna zover is. We moeten bij de trap klaarstaan. Ik voel mijn hart bonken.

En dan hoor ik Robert ten Brink zeggen: 'Dames en heren, hier zijn ze dan. Britt en Lucas! Ik heb ze al gesproken, twee geweldige kinderen.'

Hand in hand gaan we naar beneden. De camera staat op ons gericht, maar ik kijk er expres niet in. Lucas loopt ook gewoon door, dat heb ik met hem geoefend. Als we de trap af zijn, zegt Robert ten Brink: 'Britt en Lucas, jullie zoeken een man voor jullie moeder. Hoe kwamen jullie op dat idee?'

We vertellen lekker niet over Geitensok. Ik hoop dat Lucas ook zijn mond houdt.

'Ze kan niet zo goed alleen zijn,' zegt Lucas. 'Dan wordt ze heel chagrijnig en dan mogen we niks.'

'Is dat zo, Britt?'

'Ja,' zeg ik lachend. 'Mam vond het heel moeilijk toen

pap wegging. Ze was vroeger veel vrolijker.'

'Dus jullie willen jullie vrolijke moeder terug? En hoe weten jullie nou wat voor man je moeder wil?'

'Het moet een lieve man zijn,' zeg ik.

'Ook voor ons,' zegt Lucas. 'Hij moet van spelletjes houden.'

'Dat gaan we straks allemaal rustig bekijken,' zegt Robert ten Brink. 'Jullie hebben een filmpje naar de studio gestuurd van jullie moeder. Wat was dat voor filmpje?'

'Dat heeft pap een keer gemaakt toen we op vakantie waren.'

'Wij hebben dat filmpje aan een heleboel mannen laten zien,' zegt Robert. 'En datzelfde filmpje gaan we nu ook aan het publiek laten zien. Dan weten de kijkers thuis ook een beetje hoe jullie moeder is.'

Als het filmpje voorbij is, zegt Robert: 'Op dit filmpje van jullie moeder hebben honderden mannen gereageerd. Ja, dames en heren, tweehonderddrieëntachtig mannen om precies te zijn. Daarom is het zo knap dat Britt en Lucas drie mannen hebben uitgezocht. Uit die hele stapel. Was dat niet vreselijk moeilijk?'

'Nee hoor,' zegt Lucas. 'Ik wist het meteen. Ik…'

'Nog niks zeggen.' Robert houdt zijn vinger tegen zijn lippen. Want nu zien jullie de mannen in het echt. Daar zijn ze: Daan, Karel en Ed!'

De drie mannen komen de trap af. Iedereen klapt. Onze kok loopt voorop.

'Hij is in het echt nog leuker,' zegt Lucas zachtjes.

Ik knik. Nu het is begonnen, is het opeens niet meer zo

eng. De mannen moeten naast elkaar op een bank gaan zitten en wij mogen vragen stellen.

Ik vraag aan de kok waarom hij met mama wil.

'Jullie moeder heeft een heel lieve, zachte uitstraling,' zegt hij. 'En ik vind haar ook heel mooi.'

'Ga jij altijd koken?' vraagt Lucas. 'Hoeft mam dan nooit meer eten te koken?'

'Als ze dat wil, dan kook ik graag. Het is mijn beroep, maar ook mijn hobby.'

'Wat doe je als mam je eten niet lust? Ga je haar dan slaan?'

De hele zaal begint te lachen.

'Ik heb nog nooit een vrouw geslagen,' zegt de kok.

Ook aan de andere twee mannen mogen we vragen stellen. Maar Lucas en ik weten al dat we voor de kok gaan. Hij is gewoon het allerleukst. Hij is dol op kinderen. En Lucas heeft gevraagd of hij een mobieltje mag en dat mag van de kok, ook al is Lucas nog maar zeven.

De zoemer gaat.

'De tijd is om, jongens,' zegt Robert. 'Britt en Lucas, jullie mogen je nu terugtrekken. Wij gaan even naar de reclame en als we terugkomen horen we van jullie op wie de keus is gevallen.'

'Daar zijn ze,' zegt Robert. 'Britt en Lucas, zijn jullie eruit?'

'Helemaal,' zeg ik. 'We zijn het eens.'

'Dit wordt heel spannend,' zegt Robert. 'Wie gaan Britt en Lucas aan hun moeder voorstellen? Is het Ed? Daan? Of Karel? Britt en Lucas, hier is de grote rode knop. De liefdesknop. Jullie mogen hem zo indrukken en dan verschijnt er op het scherm een foto van degene die jullie hebben gekozen. Hand bij de knop. Eén, twee, druk maar.'

We drukken op de knop en er verschijnt een levensgrote foto van Karel de kok op het scherm.

'De kok!' roept Robert. 'Jullie hebben voor Karel gekozen.'

Van de twee andere deelnemers wordt afscheid genomen. De kok komt bij ons op de bank zitten.

'Zo,' zegt Robert, 'dat was heel wat, jongens. Hoe is het voor jou, Karel?'

'Geweldig,' zegt Karel. 'Ik verheug me er heel erg op.'

'Dan komt nu een heel spannend moment,' zegt Robert. 'We gaan jullie moeder bellen voor een afspraak. Want daar zijn wij natuurlijk bij. De eerste date.' Robert pakt zijn mobieltje en tikt mams nummer in. De telefoon gaat drie keer over en dan neemt mam op.

'Hallo,' zegt ze.

'Je spreekt met Robert ten Brink.'

'Hoor ik het goed?' vraagt mam.

'Ja, jij denkt natuurlijk: wat moet Robert ten Brink van me, maar wij willen je verrassen.'

'Klopt het wel?' hoor ik mam zeggen. 'Ik heb me nergens voor opgegeven. Of gaat het om een prijs?'

'Het gaat om een verrassing. Mensen die heel erg van jou houden, hebben voor deze verrassing gezorgd.'

'Jeetje.' Mam lacht verlegen.

De kok lacht ook.

'We willen graag aanstaande zaterdag om vijf uur bij

jou thuiskomen,' zegt Robert. 'Kan dat?'

'Je overvalt me wel,' grinnikt mam. 'Natuurlijk, je bent van harte welkom. Maar eh… ik werk tot vijf uur. Kan halfzes ook?'

'Halfzes is prima. Tot dan, zaterdag halfzes bij jou thuis.' Hij knipoogt naar ons. 'En zorg ervoor dat je kinderen er ook bij zijn.'

'Dat zal ik zeker doen.'

De hele zaal klapt als Robert heeft opgehangen.

'Nou, Karel,' zegt Robert. 'Wat denk je? Heb je al kriebels?'

'Ik heb er wel zin in,' zegt Karel. 'Ik denk dat we het heel gezellig gaan krijgen.'

14

Ik hoor de band al als ik het pad van Pucks huis op rijd. Ik kwak mijn fiets in het gras neer. Eigenlijk moet ik wachten tot de song is afgelopen, maar ik ben veel te opgewonden en storm de studio in.

De bandleden stoppen midden in de song en komen om me heen staan. 'Britt! Hoe was het?' vraagt Puck.

'Super!' zeg ik. 'Hij is nog leuker dan we dachten.'

'Wat zei je moeder?' vraagt Dennis. 'Want ze bellen toch altijd op voor een afspraak? Had ze iets door?'

'Volgens mij niet,' zeg ik. 'Ze was helemaal overdonderd. Ze weet alleen dat er een verrassing aankomt. Ze kent die programma's niet, dus dat is mazzel voor ons. De kok maakt een feestelijke maaltijd bij ons thuis. Als ze dan uit haar werk komt, ruikt het huis heerlijk.'

'Ja, dat hoop je,' lacht Kiki. 'Zo meteen stinkt het er naar spruiten.'

'Nee, dat weet ik zeker,' zeg ik. 'Hij wilde nog van ons weten wat mams lievelingsgerecht is. Wat zal ze opkijken! Moet je nagaan: dan komt ze binnen en staat er een cameraploeg in haar keuken.'

'Wow!' roept Noah. 'Lijkt me vet spannend.'

'Ik heb een foto van hem.'

'Laat zien,' zegt Pim nieuwsgierig.

Ik zoek in mijn mobieltje. 'Dit is hem!'

'Hij ziet er hartstikke tof uit,' zegt Kiki. De anderen vinden hem ook leuk.

'Daar gaat ze wel op vallen,' zegt Noah, die de foto al eerder heeft gezien.

'Dat denken Lucas en ik nou ook,' zeg ik. 'Het wordt echt een party. 's Avonds na het eten gaan we naar een musical. Ze hebben nog niet gezegd welke. Ik zie mam al naast hem zitten. Het wordt vast top! Nou, jullie moeten repeteren, ik ga ervandoor.'

Ik wil net vertrekken als Pucks mobieltje gaat.

'Michael!' Puck wenkt dat ik moet blijven.

'Hi Michael,' hoor ik haar schijnheilig zeggen.

Michael raast in Pucks oor. Zo te zien is hij woest.

Puck houdt het mobieltje een eindje van haar oor vandaan. Ze komt er niet eens tussen. Wat denkt die gast wel!

'O, dan zie ik je zo wel,' hoor ik haar eindelijk zeggen. Dan verbreekt ze de verbinding. 'Hij is pisnijdig,' zegt Puck. 'Super beledigd. Alle twee de stageplekken hebben afgezegd.'

'Dat was precies de bedoeling,' zeg ik.

'Weet je wat die gast wil?' zegt Puck. 'Nee, éíst kun je beter zeggen. Ik moet een mailtje naar die stageplekken sturen en zeggen dat het me spijt, omdat ik heb gelogen. Dat Michael niets met dat gedoe met radio O te maken heeft. Dat het een ander was die dat heeft gedaan. Ammehoela!'

'Hij kan lang wachten,' zegt Kiki. 'Hij komt toch hier-heen?'

'Ja,' zegt Puck.

'Dan weet ik nog een leuke verrassing,' zeg ik.

Puck staat voor het raam.

'En?' roept John.

'Daar komt hij!' zegt Puck. We duiken weg en Puck loopt naar buiten.

Door een spleetje in de deur zie ik Michael van zijn fiets stappen.

'Zo, heb je de mail al klaar?' vraagt hij.

'Dat zullen we nog wel zien,' zegt Puck.

'Ik waarschuw je, trut, jij gaat dit effe rechtzetten voor me. Laat die mail lezen.'

'Ik haal mijn laptop, een moment.' Puck doet de deur van de studio een klein stukje open en steekt haar arm naar binnen.

Ik reik haar een emmer water aan.

'Er staat iets anders in de mail,' zegt Puck.

'Wat dan?'

'Dat je een big loser bent.' Puck haalt de emmer hele-maal tevoorschijn en kiepert hem leeg boven zijn hoofd.

'Kutwijf!' Druipend staat Michael daar. 'Hoe durf je!' Hij wil op Puck af gaan, maar dan komen wij naar bui-ten.

'Omdat je ons zo goed hebt geholpen,' zegt Kiki en ze plenst de volgende emmer water over hem heen. Terwijl het water van zijn hoofd druipt, komen Pim en Dennis ook nog met een emmer water aan. Michael is inmiddels druipnat.

'En nou oprotten,' zegt Kiki. 'En je laat Puck met rust. Geen telefoontjes of sms'jes meer.'

'Ja,' zeg ik. 'Het is nu nog alleen je stageplek die je kwijt bent, maar als je Puck nog een keer lastigvalt, zetten we je naam op internet. Met een foto erbij.'

Michael zegt niks meer. Kleddernat stapt hij op zijn fiets. Dan komt Noah eraan met een emmer water. Ze rent achter hem aan en gooit nog een plens water over hem heen.

'Loser!' roept ze nog. En weg is hij.

Lucas en ik zitten samen in de kamer. Zogenaamd kijken we een dvd, maar we wachten op mam.

'Dus we laten niks merken,' zeg ik.

Lucas knikt. 'En als we ons lachen niet kunnen inhouden?'

'Dat kun jij wel,' zeg ik. 'Op tv deed je het ook heel goed. Ik kijk je niet aan, hoor, want dan moet ik ook lachen. En als je je lach echt niet meer in kunt houden, ga je gewoon zogenaamd naar de wc.'

We horen de sleutel in het slot steken.

'Daar is ze!' roept Lucas gespannen.

Mam komt de kamer in. 'Jullie zijn er al,' zegt ze blij. 'Hoe ging het op de set?' Ze kijkt Lucas aan.

Lucas haalt zijn schouders op. 'Ging wel, vorige keer was het leuker.'

'Waarom?' vraagt mam.

'Hij vond het een beetje saai,' zeg ik.

'Het moest honderd keer over,' zegt Lucas.

'Ja,' zegt mam. 'Dat hoort bij acteren. Daar weet Britt alles van. Maar je staat wel op de film, Lucas. Ik ben trots op je.' Ze gaat tegenover ons op een stoel zitten. 'Ik heb een heel bijzondere dag gehad,' zegt ze.

'Hoezo?' vraag ik terwijl ik aan het zappen ben.

'Ik werd vanmiddag opgebeld. Jullie raden nooit door wie.'

'Geitensok zeker,' zeg ik. 'Om te zeggen dat hij weer komt eten. Dank je wel, erg fijn.'

'Nee,' zegt mam. 'Robert ten Brink belde me.'

'Grapje,' lach ik. 'Of was hij verkeerd verbonden?'

'Nee, het was geen grapje,' zegt mam. 'Zaterdag om halfzes komt hij hierheen.'

'Wat moet Robert ten Brink hier?' Ik leg de afstandsbediening op tafel. 'Mam, je bent in de maling genomen.'

'Ja,' lacht Lucas. 'En je gelooft het ook nog. Er komt zaterdag niemand, wedden?'

'Een of andere leukerd heeft je gebeld,' zeg ik.

'Jullie geloven me niet, hè?' zegt mam. 'Maar het was echt Robert ten Brink, ik herkende zijn stem. Ze komen mij verrassen. Met een cameraploeg. Een dierbaar iemand zit hierachter, zei hij. Hij wil dat jullie er ook bij zijn.'

'Ik ga niet op tv,' zegt Lucas beslist. 'Veel te eng.'

'Je hebt nu toch ervaring opgedaan, op de set?' zegt mam.

'Ik wil het ook niet,' zeg ik. 'Acteren is iets heel anders, dan speel je een rol. Wie doet nou zoiets?'

'Geen idee,' zegt mam.

'Ik weet het al,' zeg ik. 'Ze zijn vast van dat maffe programma, waarin je een heel oude vriend of vriendin ontmoet.'

'Is dat van Robert ten Brink?' vraagt mam.

'Ja,' lieg ik. Ik kan mam van alles wijsmaken wat tv betreft. Alleen programma's over politiek en cultuur interesseren haar.

'Haha,' lacht Lucas. 'Een lover van heel vroeger. Misschien worden jullie weer verliefd.'

'Stel je voor,' zegt mam. 'O jee, wie zou dat kunnen zijn?' Ze loopt naar de kast en haalt een fotoboek tevoorschijn.

Het is super gegaan. Ik lig slap van de lach achter mijn laptop. Mam heeft helemaal niets door. Ik heb net een mailtje van de tv-redactie gekregen. Er staat precies in wat er zaterdag allemaal gaat gebeuren. Robert doet ook nog de groeten van onze kok. Hij verheugt zich er heel erg op. Nou, wij ook. Ik loop naar Lucas' kamer als de bel gaat. Nee hè, toch niet Geitensok? Ik had zin om beneden nog even bij mam te zitten, maar als die loser er is, blijf ik wel op mijn kamer.

Ik luister boven aan de trap.

'Ha, die Dave,' hoor ik mam zeggen. Mijn hart begint meteen te bonken. 'Ze is boven hoor, loop maar door, jongen.'

Had ik mam maar verteld dat het uit is. Ik schiet mijn kamer in en doe de deur dicht. Mijn hart bonkt in mijn keel. Van de stress knap ik bijna uit elkaar. Ik sta met mijn rug tegen de deur als Dave aanklopt.

Ik draai me trillend om, haal diep adem en doe de deur open.

'Wat kom je doen?' vraag ik als Dave mijn kamer in loopt. 'Ik dacht dat ik toch duidelijk was geweest? Ga weg, ik hoef je niet meer te zien.'

'Britt, ik wil je niet kwijt, daarom ben ik hier. Het is stom van me wat ik heb gedaan. Het zal nooit meer gebeuren.'

'Dat heb je toen zeker ook tegen Noah gezegd.'

'Britt, geloof me nou, ik heb helemaal niks met Laura.'

'Nee, omdat Laura je niet wil. Daarom kom je nu bij mij. Anders had je me vast laten stikken. Als ik toen niet had gewild, was je ook terug naar Noah gegaan.'

'Britt, waarom wil je me nou niet geloven?'

Ik ga op mijn bed zitten. 'Dave, ik weet het heus wel, jij bent gewoon een player, ik trap er niet meer in.' Ik kijk naar Dave. Hij ziet eruit alsof hij zo kan gaan huilen.

'Het is nooit mijn bedoeling geweest om met Laura iets te beginnen, ik zweer het.' Hij steekt twee vingers omhoog.

'O nee? Waarom heb je het dan gedaan?'

'Het kwam omdat ze zo in de war was,' zegt Dave. 'We waren aan het opnemen en toen begon ze ineens heel erg te huilen. Ze was hartstikke overstuur. Ik schrok me dood en nam haar mee voor een drankje. En toen begon ze over die ex te vertellen. Ik vond het zielig en probeerde haar te troosten. Ik was gewoon lief voor haar, meer niet, als een vriend.'

'Met een vriend zoen je toch niet zomaar? Pierre is nu ook een vriend van mij en ik ga toch ook niet met hem zoenen?'

'Britt, ik zoende helemaal niet. Laura...'

'Ja, hou maar op, Laura wilde je bedanken. Nou en? Je hebt toch gezoend.'

'Het stelde niks voor,' zegt Dave. 'Ik ging er per ongeluk in mee.'

'Als het niks voorstelde, waarom hebben jullie het mij dan niet verteld? Je had meteen naar me toe moeten komen, Dave, en moeten zeggen wat er was gebeurd. Dan was het heel anders geweest. Maar dat durfde je niet, omdat je... ach, je weet het zelf ook wel. Ik heb hier geen zin in.' Ik kan me niet meer goed houden en begin te huilen. Dave wil me troosten, maar ik duw hem ruw weg. 'Blijf van me af! Ga weg. Nu.'

'Goed dan!' roept Dave kwaad. 'Dan is het uit. Maar het had jou ook kunnen gebeuren.'

'Nooit!' zeg ik. 'Ik zou nooit met een ander zijn gaan zoenen. En als ik zo stom zou zijn geweest om het wel te doen, dan... dan had ik het meteen verteld.'

'O ja?' zegt Dave kwaad. 'En toen met Noah dan? Wie stelde voor toen niets tegen haar te zeggen? Denk daar maar eens over na.'

Dave loopt mijn kamer uit. Als ik hem de trap af hoor gaan, krijg ik een sms'je van Laura.

Lieve Britt, Dave gaat vanavond naar je toe. Hij heeft mega spijt en ik ook. Ik voel me zo schuldig, denk er nou eens over na. Jullie horen bij elkaar. x

Ik staar naar het mobieltje in mijn hand. Het is uit met

Dave, alleen maar door die stomme zoen. Moet ik er toch niet over nadenken?

Ik wil Dave terugroepen, maar ik hoor de buitendeur al dichtslaan.

15

Sinds het sms'je van Laura moet ik de hele tijd aan
Dave denken. Mijn gedachten schieten alle kanten op.
Het ene moment vind ik dat ik met Dave moet gaan
praten, want wat hij zei is wel waar. Toen ik met Dave
had gezoend, heb ik het Noah ook nooit verteld. Maar
het andere moment ben ik bang dat het weer aangaat.
Alleen al bij de gedachte dat Dave en Laura hebben gezoend, word ik misselijk. Gisterochtend werd ik al om
halfzes wakker. Ik lag te piekeren en te woelen. En vanochtend was het zelfs vijf uur. En dat voor de zaterdag!
Ik kon helemaal niet meer slapen. Maar dat komt ook
omdat Robert ten Brink vandaag komt. Soms schiet ik
ineens in de stress. Stel je voor dat mam de kok helemaal niks vindt. Dan gaat ze zelf weer op zoek en dan
krijgen we Geitensok de tweede. Ik krijg al maagkram-
pen bij het idee alleen al. Volgens Puck en Noah moet
ik me geen zorgen maken en valt mam als een blok
voor Karel. Vanmiddag om twee uur komt Karel al. Ik
heb zo'n mazzel dat ik vandaag niet naar de set hoef,
anders had ik er niet eens bij kunnen zijn. Lucas heeft
Karel een mail gestuurd en gevraagd of hij hem mag

helpen met koken. Karel reageerde heel enthousiast, zo lief van hem. Het wordt een Italiaanse maaltijd. Mam is dol op Italiaans eten.

'Britt, Lucas! Komen jullie ontbijten?' roept mam van beneden.

Ik ren de trap af en ga de keuken in. Lucas schiet me voorbij en gaat aan de keukentafel zitten.

'Wat zie je er mooi uit, mam!' zeg ik. Mam heeft het jurkje aan dat pap altijd zo sexy vond staan.

'Ik ben wel een beetje gestrest,' zegt mam terwijl ze thee voor ons inschenkt. 'Ik denk dat John dit heeft geregeld. Mijn vriendje van de middelbare school. Nadat het uit was gegaan, heb ik nooit meer iets van hem gehoord.'

'Waarom ging het dan uit?' vraagt Lucas.

'Zijn ouders waren erop tegen. Ze vonden hem veel te jong voor verkering. Ik was zo verdrietig toen het uit- ging.'

'Heb je hem nog weleens gezien?' vraag ik.

'Nee,' zegt mam. 'Zijn zus ben ik nog een keer tegen- gekomen. Volgens haar had hij heel erge spijt.'

'Nou, mam, dat kan heel romantisch worden,' lach ik.

Mam heeft totaal niet door wat er echt gaat gebeuren.

'Luister,' zegt ze. 'Zorgen jullie er wel voor dat jullie op tijd thuis zijn?'

Ik knik.

'Moet dat echt?' vraagt Lucas.

'Ja, ik wil dat je erbij bent, Lucas. En spic en span. Britt, help jij hem even?'

Mams vingers trillen als ze haar tas pakt.

'O, had ik maar nooit ja gezegd. Dit is eigenlijk hele-maal niets voor mij.'

'Je kunt het nu niet meer afzeggen,' zeg ik gauw.

'Nee, dat doe ik ook niet.' Mam geeft ons een kus. 'Tot vanmiddag dan.'

Als mam de deur uit gaat, barsten Lucas en ik in lachen uit.

'Ik wou dat het al twee uur was,' zegt Lucas. 'Dan ga ik lekker boodschappen doen met Karel. Jij mag niet mee.'

'Maak je maar geen zorgen, ik heb wel wat beters te doen.'

'Zeker zoenen met Dave,' lacht Lucas.

'Doe niet zo stom,' zeg ik pissig. 'Bemoei je er niet mee. Ik bemoei me toch ook niet met jouw verkering?'

'Ik wil geen verkering,' zegt Lucas.

'Later, als je wel verkering hebt, zou je dan stiekem met een ander meisje zoenen?' Ik hoor zelf hoe raar het klinkt. Wie vraagt dat nou aan zijn kleine broertje?

'Ik vind zoenen vies,' zegt Lucas en hij gaat naar boven.

Dat heb ik weer!

Hello everybody,
Vandaag komt de
chef bij ons koken.
Ik hoop zo dat
mam op hem
valt!
x Britt

Geplaatst door: Britt | Reacties (2)

Reactie van Kelly
No worries. Dat komt heus wel goed. Hij ziet er 1000x keer
leuker uit dan die Geitensok. Ze zal jullie dankbaar zijn.
Take care!
Kel

Reactie van Fons
Soms zie je pas hoe stom
je was als het uit is. ☹
Dat zal je moeder ook
hebben. En jij ook. Nu
ben je nog desperate
vanwege Dave, maar
over een tijdje besef je
wat voor een loser het

was en ben je blij. Wel even lastig: jullie zitten niet alleen bij
elkaar @ school, maar ook nog in dezelfde film. Sterkte!
Fons

http://www.dathebikweer.com

Mijn hersenen draaien overuren. Wil ik wel van Dave
af? O, waarom twijfel ik toch altijd overal over? Als ik
dit tegen Puck vertel, tikt ze tegen haar voorhoofd.
Puck snapt niet dat ik er nog over pieker om met hem

door te gaan. En Noah ook niet. Ze geloven het verhaal van Laura niet. Ik zal het dus zelf moeten beslissen.

Lucas staat voor het raam in de kamer. Karel kan elk moment komen.

'Daar is-ie!' roept Lucas en hij rent naar buiten. 'Hij heeft een Snoek! Vet!'

Ik ga ook naar buiten. Voor het huis parkeert een blauwe Citroën DS.

'Hi vent,' zegt Karel als hij uitstapt. Hij pakt Lucas' hand. 'Wat zie je er goed uit! En jij bent ook al zo feestelijk gekleed, Britt.'

'Dit wordt onze big party,' zeg ik. 'Mam heeft niets door.'

'Nee, dat heb ik gemerkt,' zegt Karel. 'Ze heeft me gezien.'

'Nee! Waar?'

'Ik heb een prachtige bos rozen bij haar in de winkel gekocht.'

'Spannend!'

'Ik zei tegen je moeder dat ik een heel mooie bos wilde, voor een zeer bijzondere vrouw.' Hij opent de achterklep en haalt de bloemen eruit. 'Gelukt of niet?'

'Wat een prachtige bos,' zeg ik.

'Hebben jullie een vaas?' vraagt hij als we naar binnen lopen.

Ik haal een vaas uit de bijkeuken. 'Wat zei mam? Deed ze aardig?'

'Heel aardig. Ik had er zo'n lol in. Ik zei dat ik vanmiddag een heel bijzondere ontmoeting had. Ik ook, zei ze toen. Ze had geen idee.'

Dit bedoel ik nou! Daarom vind ik Karel zo tof. Wie durft nou zoiets?

'Mag ik straks even stiekem rijden?' vraagt Lucas. 'Van papa mocht ik dat ook altijd.'

'Ik vind het best,' zegt Karel. 'Mijn zoon zit ook weleens achter het stuur. Maar niet in het verkeer. Ik weet wel een industrieterrein waar we rustig kunnen rijden, daar kan het geen kwaad.' Karel zet de bloemen in een vaas. 'Britt, wil je echt niet mee shoppen?' vraagt hij.

'Nee.' Ik kijk naar Lucas, die met een dolgelukkig gezicht naar de auto rent. Ineens besef ik dat ik hem sinds het vertrek van pap niet meer zo blij heb gezien.

Ons huis lijkt wel een filmset. Iedereen loopt rond. De cameramannen stellen hun camera's in. Robert staat klaar in de serre. Hij is al geschminkt, wij ook. Straks moet de intro worden opgenomen. Karel staat te koken in de keuken. Ik word ineens overvallen door een geluksgevoel. Zo was het vroeger ook weleens toen pap nog bij ons woonde.

'Wat mij betreft gaan we beginnen,' zegt de regisseur. Iedereen neemt zijn plek in. Lucas en ik moeten op de bank gaan zitten.

'Three, two, one, zero...' zegt de opnameleider. Het is doodstil.

Robert begint te vertellen. 'Het is bijna zover: de romantische ontmoeting tussen onze kok en de moeder van Britt en Lucas. Zou het lukken?' Hij loopt met de microfoon naar ons toe.

'Britt en Lucas, jullie zitten hier in je eigen huis, hoe voelt dat? Gestrest?'

'Een beetje wel,' zeg ik.

'Wat denken jullie, hoe gaat je moeder reageren?'

'Ik denk dat mam wel verrast is. Ze heeft niets door. Ze denkt dat er een oude vriend komt om haar opnieuw te ontmoeten.'

'Ik denk dat mam verliefd wordt,' zegt Lucas. 'Karel is vet. Ik mocht even in zijn auto rijden.'

'Heb jij even geluk,' zegt Robert. 'Dus tussen jullie zit het al helemaal goed.'

Lucas steekt zijn duim op.

'En jij, Britt?'

'Ik hoop heel erg dat mam op hem valt.'

'De kinderen zijn enthousiast,' zegt Robert. 'Dat is alvast een heel goed begin.' Hij gaat de keuken in. De cameraman volgt hem.

'Het is jammer dat jullie het niet kunnen ruiken,' zegt Robert. 'Hier hangt de geur van een sterrenrestaurant. Karel, jij staat hier achter het fornuis alsof je thuis bent.'

'Ik vermaak me hier heel erg,' lacht Karel. 'Ik heb een verrukkelijke lasagne gemaakt. En in deze pan zit vissoep. En we eindigen natuurlijk met een tiramisu.'

'Karel, ik hoorde dat je bloemen bij de moeder van Britt en Lucas hebt gekocht. Wat voelde je toen je haar zag?'

'Ik dacht: wat een schat is dat. Ik hoop dat ze mij ook

leuk vindt, dan ga ik haar heel gelukkig maken.'

Robert loopt de keuken uit. 'Jullie zien het, alles loopt hier op rolletjes.' Hij wijst naar de rozen. 'Volgens mij kan het niet meer misgaan.'

'Stop maar, Robert,' zegt de regisseur. 'We hebben het.'

'Hoe lang hebben we nog?' vraagt Robert.

'Het is kwart over vijf,' zeg ik.

'Dan moeten we als een speer de tafel dekken, jongens.' Robert haalt een heel mooi tafelkleed tevoorschijn.

'Ik help wel,' zeg ik.

Robert zet de vaas met rozen midden op tafel, zodat mam ze meteen ziet als ze binnenkomt. De cameraploeg heeft van alles meegenomen. Servetten, glazen, en kleine bloemetjes die op de tafel worden gestrooid. We zijn nog druk bezig als mijn mobieltje gaat.

'Het is mam!' zeg ik. Iedereen is meteen stil.

Ik neem op. 'Hi mam.'

'Lieverd, ik rij nu weg. Ben jij al thuis?'

'Ja,' zeg ik, 'en Lucas is er ook. Maar verder is hier nog niemand. En ik zie ook geen tv-auto aankomen. Misschien is het toch een grap, mam.'

'Kleden jullie je nou maar netjes aan, ik ben er in tien minuten.'

'Oké, tot zo, mam!' Ik hang op. 'Help, ze is er over tien minuten. De tafel!'

'Kijk jij maar of je moeder eraan komt, Lucas,' zegt Robert. 'Britt en ik redden ons wel met de tafel.'

Karel geeft mij een karaf rode wijn aan. Hij zegt erbij

waar die precies moet staan. Wat ziet de tafel er prachtig uit!

Lucas hangt uit het raam. 'Ze komt de hoek om!' roept hij.

De regisseur wenkt Robert.

'Het is zover,' zegt Robert in de camera. 'Hoe voel je je, Lucas?'

'Super!' zegt Lucas opgewonden. 'Ik lust geen lasagne. Daarom heeft Karel voor mij een Big Mac gemaakt.'

'En jij, Britt?'

'Het moet goed komen,' zeg ik. 'Karel is zo tof! En die prachtige tafel is helemaal iets voor mam.'

De cameraman staat al in de hal, klaar om mam te filmen als ze binnenkomt. Lucas rent nog even snel naar de wc. Ik moet ook piesen van de stress, maar ik houd het op. Ik wil niks missen.

Voordat mam de sleutel in het slot steekt, zwaait Robert de deur open. 'Welkom thuis.'

'O nee!' Mam slaat haar hand voor haar mond als ze de cameraploeg ziet. 'Ik durf bijna mijn eigen huis niet in.'

'Kom maar, mam! Je bent vast heel blij met de verrassing,' zeg ik.

Mam loopt de kamer in.

'Wat denk je dat er gaat gebeuren?' vraagt Robert.

'Geen idee!' Mam kijkt naar de tafel. 'Dit is wel heel feestelijk. En wat een schitterende rozen.'

'De rozen,' zegt Robert. 'Daar draait het eigenlijk om. Die krijg je van iemand die jou heel erg de moeite waard vindt.'

Ik kijk naar mam. Wat gaat ze zeggen?

'Rozen hebben met liefde te maken,' zegt Lucas, die net van de wc komt.

'Zijn ze van een oude liefde?' vraagt mam.

'Jongens?' Robert houdt ons de microfoon voor. 'Is dat zo?'

'Nee,' lacht Lucas. Ik schud ook mijn hoofd.

'Ja, daar sta je dan. Het gaat om een nieuwe liefde die met jou verder wil.'

Mam begint te stralen.

Ik ben zo blij. Ze wil het dus! 'Ja, mam,' zeg ik. 'En ik wil even zeggen dat Lucas en ik er ook blij mee zijn.'

Mam krijgt tranen in haar ogen. 'Britt, dat jij dit zegt, lieverd, dat is zo belangrijk voor me. Je begrijpt wel waarom. Dank je wel.' Ze geeft me een zoen. Opeens vertrouw ik het niet meer. Wat bedoelt mam?

'Ik denk dat ik weet van wie ik die prachtige rozen krijg,' zegt mam.

'Je denkt dat je de persoon kent?' Robert geeft mij een knipoog en glimlacht. Ik houd mijn adem in. Robert heeft duidelijk niets door. Lucas ook nog niet, maar ik wel.

'Je hebt het helemaal aan je kinderen te danken,' zegt Robert. 'Zij hebben zich bij ons gemeld. Ze willen dat hun moeder weer gelukkig wordt.'

'Dit raakt me heel erg,' zegt mam. 'Ik kan niet zeggen hoe dankbaar ik ben.'

'Dus je weet waarom het gaat?' vraagt Robert.

Mam knikt. 'Ik vermoed dat Gerard mij ten huwelijk wil vragen.'

Shit! Zie je wel. Ik kijk naar Robert.

'Nee, Karel heet geen Gerard,' zegt Robert.

'Karel?' zegt mam. Ze kijkt naar de bloemen. Ik zie dat ze ze ineens herkent.

Haar gezicht betrekt. 'Er was vanochtend een man in mijn winkel. Hij zei dat hij een bijzondere ontmoeting had. Het zal toch niet zo zijn…'

Karel komt de kamer in. 'Lieve moeder van Britt en Lucas. Ik zoek een vrouw en heb gereageerd op het programma van Robert. Ik zag je filmpje en dacht… daar durf ik het wel mee aan. Je hebt twee schatten van kinderen en…'

Mam wordt steeds roder. Ze wil wat zeggen, maar ze kan geen woord uitbrengen.

'Ik zie dat het je overvalt,' zegt Robert. 'Maar we pakken het heel rustig aan. Eerst gaan we gezellig eten en daarna naar de musical. We bouwen het heel langzaam op.'

'Er valt helemaal niets op te bouwen,' zegt mam. 'Ik denk dat mijn kinderen jullie verkeerd hebben voorgelicht. Ik zoek helemaal geen man. Ik heb een vriend met wie ik heel gelukkig ben. Hij gaat naar Maastricht. En ik heb net besloten dat we met hem mee verhuizen.'

Wat zegt mam nou? De voordeurbel gaat. Als door een waas zie ik mam naar de deur rennen. Ze komt even later binnen met Geitensok aan haar arm. Ik ben perplex. Dit is een nachtmerrie. Of is het echt? Ik zie aan Lucas dat het echt is.

'Stop de opnames,' zegt de regisseur.

'Wat is dit voor feest?' Geitensok kijkt naar de gedekte tafel.

'De kinderen hebben mij gevraagd heerlijk voor jullie te koken,' zegt Karel. 'Het eten is klaar. Ik hoop dat jullie ervan genieten. Goedenavond.' Hij draait zich om en loopt weg. Mam laat hem gaan. Ze laat hem zomaar gaan!

'Dan wensen wij jullie ook veel geluk,' zegt Robert.

Ik sta als versteend. Ik ben sprakeloos. Ik weet niet eens meer of ik Robert een hand heb gegeven of niet. Onze kans is voorbij, dat is het enige wat ik denk. Ik hoor mams stem in mijn oor. 'Ik denk erover om met hem mee naar Maastricht te verhuizen,' zegt ze.

Ik heb het gevoel dat ik gek word.

'Ik spreek jullie nog wel,' zegt mam als iedereen weg is. 'We gaan nu eerst eten.' Ik kijk naar mam, die Geitensok een kus in zijn nek geeft. Ik wil het niet zien, ik kan het niet meer zien. Ineens ben ik woedend. 'Ik heb geen honger!' roep ik. 'Ik ga naar boven.'

'Ik ook!' schreeuwt Lucas. 'Je hebt alles voor ons verpest.'

'Wat is er toch allemaal aan de hand?' hoor ik Geitensok nog vragen.

'Mam is stapelgek!' schreeuw ik. 'Dat is er aan de hand. Ze is crazy.' Ik ren de trap op naar mijn kamer. Mam kiest voor die loser! Er gaat van alles door mijn hoofd. De verhuizing, Maastricht, Noah die ik moet achterlaten. Puck, Dave... Dave! Ik moet Dave spreken. Er is maar één persoon die ik nu wil spreken. Ik wil er niet meer aan denken wat er tussen Dave en Laura is gebeurd. Het is net alsof het opeens niet meer telt. Ik pak mijn mobieltje en bel Dave. Hij neemt meteen op.

'Britt!' klinkt het blij.

Ik begin te huilen. 'Het is helemaal misgegaan... alles gaat mis...'

'Ik kom naar je toe,' zegt Dave.

Voor de tweede keer probeer ik te skypen met pap, maar hij is er niet. En op zijn mobieltje krijg ik ook geen gehoor. Ik spreek zijn voicemail in.

'Pap, met mij. Wil je me bellen? Ik heb je nodig.'

Als ik heb opgehangen, hoor ik voetstappen op de trap. Dave! Ik doe de deur van mijn kamer open. Hij rent de laatste treden op, met een rode roos in zijn hand. We kijken elkaar aan. Ik wilde tegen hem zeggen dat ik er-over na wil denken, dat we er samen nog eens goed over moeten praten. Maar ik hoef helemaal niets te zeggen. Ik kijk in zijn lieve bruine ogen. Hij houdt de roos voor me. 'I love you,' fluistert hij.

Ik pak de roos aan. Dit is echt. Dit is geen fake. Met de roos in mijn hand omhels ik hem en dan zoenen we. Ik zoen met Dave! Langzaam dringt het tot me door. Ik heb Dave terug. Ik weet niet hoe lang we daar op de overloop staan. Mam kan ons zo zien als ze naar boven kijkt. En Lucas hoeft maar naar de wc te gaan en hij ziet ons zoenen. Maar het kan me niets schelen. We hou-den elkaar vast alsof we elkaar nooit meer willen losla-ten.

'I love you,' fluistert hij in mijn oor.

Ik ruik aan de roos. 'Lief,' zeg ik zachtjes. 'Ik hou ook

van jou.' En ik meen het. Het voelt zo vanzelfsprekend. Laura heeft gelijk, Dave en ik horen bij elkaar. Hij tilt me op, en draagt me mijn kamer in en zwiert me in het rond. Het voelt zo veilig. Maastricht bestaat even niet meer. Niets bestaat meer. Alleen Dave en ik. Hij gaat op bed zitten met mij op schoot. Hij geeft zachte kusjes op mijn neus en over mijn hele gezicht.

'Ik moet van mijn moeder zeggen dat je groot gelijk hebt dat je kwaad op me was.'

'Heb je het haar verteld?'

Dave knikt. 'Eerst niet, maar je weet hoe mijn moeder is. Ze merkt alles. Ik at niet en ik had nergens zin in. En toen vroeg ze of het uit was. Toen heb ik het verteld.'

'Wat zei ze?'

'Dat ik een stommerd was. Ik hoop dat je ervan hebt geleerd,' zei ze nog.

'Is dat zo?' Ik kijk hem aan.

Dave aait door mijn haar. 'Heel veel, ik doe zoiets nooit meer.'

Ik sta op, pak de roos, vul een leeg colaflesje met water, zet de roos erin en zet het op mijn bureau. Dan zie ik mijn mobieltje liggen. Op het display staat nog het berichtje dat ik Puck had ge-sms't nadat ik Dave had gebeld.

Mislukt, we gaan verhuizen naar Maastricht. Ik word gek.

Ik voel dat ik wit wegtrek.

'Wat is er?' vraagt Dave.

'Ik moet naar Maastricht verhuizen.' Ik ga naast hem op bed zitten. 'Mam heeft de kok weggestuurd en wil met Geitensok naar Maastricht verhuizen.'

Ik zie aan Daves ogen dat hij schrikt.

'Ik word daar gek,' zeg ik. 'Hoe moet dat, helemaal in mijn eentje?' Ik begin te huilen.

'Voor ons maakt het niet uit,' zegt Dave. Maar ik zie dat hij het vreselijk vindt.

'Je probeert me alleen maar op te vrolijken,' snik ik.

'Maar jij vindt het ook erg. Het is ook hartstikke erg.'

Dave slaat zijn arm om me heen. 'Het is wel balen. Kun je niet zolang bij Puck of Noah wonen, tot je klaar bent met school?'

'Denk je dat dat van mijn moeder mag? Vergeet het maar. Als ze gaat, moet ik mee. Ik ben zo kwaad. Ik zeg helemaal niks meer tegen haar. Lucas trouwens ook niet.'

'Wat zegt je vader?'

'Ik heb hem net gebeld, maar hij neemt niet op.'

'Shit! Maastricht is ook zo achterlijk ver,' zegt Dave. 'Meent ze het echt?'

'Hartstikke. Ze wil met hem trouwen! Ze dacht dat hij haar ten huwelijk wilde vragen en ze straalde. Het was verschrikkelijk. En wij maar denken dat ze liefdesverdriet had. Ze had helemaal geen liefdesverdriet. Ik vind het zo gemeen van haar. Zij gaat achter die loser aan en ik raak iedereen kwijt.'

'Hoe bedoel je?'

'Nou, eerst vinden Noah en Puck het nog fijn als ik kom, maar na een paar maanden worden ze het zat dat ik weg ben en dan vergeten ze me. Zo gaat het meestal.'

'Je zei "iedereen".'

'Ja, jij ook.'

'Ik?'

'Ja, wat denk je? Als ik zo ver weg ben, is er niks meer aan, hoor. Dan heb je straks opeens een ander.'

'Dat mag je nooit meer zeggen,' zegt Dave. 'Neem terug.'

'Nee, want zo gaat het. Jij gaat heus niet zitten wachten tot ik eens een weekendje in de buurt ben.'

'Britt!' Dave duwt me zachtjes achterover op mijn bed en kust me. 'Al ga je bij je vader in Japan wonen, dan nog neem ik geen ander.'

Als Dave weg is, kijk ik naar de roos. Beneden staat een grote bos, maar die stelt niks voor. Deze ene roos wel. Ik ruik er nog eens aan. Heerlijk! Ik hoor Geitensok beneden in de kamer. Hij zal wel blijven slapen. Ik moet er maar aan wennen, na de zomer zie ik hem elke dag. Dan woon ik in zijn huis! Het idee alleen al vliegt me aan. Waarom belt pap niet? Ik bel hem nog een keer, maar ik krijg weer zijn voicemail. Dan maar een mailtje. Ik ga achter mijn laptop zitten.

Hi pap, bel me gauw. Alles is voor nix geweest! De kok is weg en mam zit beneden met Geitensok. Ze wil met hem mee naar Maastricht verhuizen. En Lucas en ik moeten mee! Dit trek ik niet, pap, egt niet.
x Britt

Dat heb ik weer!

Wat doe je als je moeder met haar horror lover aan de andere kant van het land wil gaan wonen?

♡ Stoppen met ademen. Dat zal me geen moeite kosten!

♣ Huilen, huilen, huilen! 😣😣😣

◇ Ik loop weg. Ik word nog liever een zwerver dan dat ik mee moet! Snik…

♠ Ik probeer er nog een keer met mijn moeder over te praten. Als ze weet hoe AFSCHUWELIJK ik het vind, bedenkt ze zich misschien nog...

☆ Ik vraag of ik naar kostschool mag. Ik heb mijn buik vol van ouders…

Uitslag

♡ Je hebt de schrik van je leven gekregen! 😣 Toch maar even rustig blijven. Stoppen met ademen is HEEL ongezond en ook nog veel moeilijker dan je zou denken…

♣ Arme jij, zooooo verdrietig! Gooi het er maar allemaal uit. Dat lucht vast op!

◇ Dat lijkt soms de oplossing, maar van weglopen krijg je al snel nog veel meer problemen. Best wel scary hoor, om onder een brug te slapen…

♠ Slim! Als je rustig blijft en uitlegt hoe je je voelt, kunnen jullie samen hopelijk een oplossing bedenken die goed is voor iedereen.

☆ Weet je het zeker? Dan zit je je 24 uur per dag op school… En dan ben je wel verlost van je horror stiefvader, maar moet je ook je friends thuis missen!

Geplaatst door: Britt | Reacties (0)

16

Zodra ik 's ochtends wakker word, check ik mijn inbox om te zien of er al een mail is van pap. Niks, hoor, helemaal niks. Ik begrijp er niks van. Voor de zoveelste keer bel ik hem, maar ik krijg weer meteen zijn voicemail. Dit is niks voor pap. Ik ga uit bed, ook al is het nog vroeg. Ik moet er niet aan denken straks met Geitensok aan het ontbijt te zitten. Nu liggen ze tenminste nog te slapen. Op zondag slaapt mam meestal uit. Ik sluip de trap af en scoor voor Lucas en mezelf een ontbijtje. Hij is net zo nijdig als ik.

Als ik boven kom, gaat mijn mobieltje. Het is pap!

'Pap!' roep ik. 'Waarom bel je nu pas? Ik had je hartstikke nodig.'

'Ik had geen bereik,' zegt pap.

'Dan kon je toch wel even op een vaste telefoon bellen? Ik heb je ook nog een mailtje gestuurd. Ik hoorde niks, helemaal niks.' Ik begin te huilen.

'Meissie van me, sorry, maar ik kon ook niet mailen.'

'Was dan naar een internetcafé gegaan, dat heb je toch wel vaker gedaan? En toen was het niet eens nodig, maar nu wel.'

'Schat, luister nou, in de lucht heb je geen internetcafés.'

'Hoezo "in de lucht"?'

Pap grinnikt.

'Zat je in het vliegtuig?' vraag ik.

'Ja.'

'Zijn jullie op vakantie?'

'Nee, Yahima is niet mee, ik ben alleen.'

'Waar ben je dan?'

'Op Schiphol,' zegt pap.

'Nee!' Ik geef van blijdschap een gil. 'Ben je echt op Schiphol?'

'Ja,' zegt pap, 'en over anderhalf uur ben ik op het plein bij jullie. Ik verheug me er zo op om jullie te zien.'

'Pap, wat fijn!'

'O, sorry schat, mijn bagage komt eraan. Ik zie jullie straks.'

Het is net een droom. Ik ren Lucas' kamer in. 'Wakker worden, pap komt eraan!'

'Doe normaal,' zegt Lucas chagrijnig. 'Dat kan helemaal niet.'

'Hij belt net op,' zeg ik. 'Over anderhalf uur is hij op het plein. Lucas, we gaan papa vandaag zien!'

'Echt waar?'

'Echt waar,' zeg ik.

Lucas springt uit bed en rent door zijn kamer. 'Joepie! Ik zie pap zo, mijn lieve pap.'

Ik geef een gil als we het plein op fietsen. 'Pap!'

Hij staat daar. Het is hem echt. Mijn lieve pap. We laten

onze fietsen vallen en rennen naar hem toe, regelrecht in zijn armen.

Ik ben zo blij dat ik hem zie. Nu kan ik hem aanraken. Hij drukt ons tegen zich aan. Ik moet ervan huilen. Lucas ook. En dan beginnen we opeens van de stress te grinniken.

Pap drukt ons bijna fijn, zo blij is hij. 'Wat heb ik jullie gemist,' zegt hij hees.

Ik kijk pap aan. 'Je bent er echt!' Ik heb hier zo vaak over gefantaseerd. Dat pap ineens voor me stond. En nu is het zo. Vanochtend toen ik wakker werd, wist ik nog van niks.

'Mam heeft alles voor ons verpest,' zegt Lucas als pap ons eindelijk loslaat.

We rapen onze fietsen op, zetten ze op slot en lopen met de armen om elkaar heen naar McDonald's.

'Mag ik een Big Mac?' vraagt Lucas.

'Natuurlijk.' Pap kust hem op zijn bol. 'Je mag er zoveel je wilt.'

'Yes!' Lucas maakt zich los en rent voor ons uit.

Ik pak paps hand. Zo liepen pap en ik altijd door de stad als we samen waren. 'We staan helemaal voor gek op de tv,' zeg ik als we in de McDonald's zitten. 'De kok had heerlijk gekookt, komt Geitensok opeens binnen. En het ergste is nog hoe mam reageerde. Ze zei dat ze mee naar Maastricht gaat.'

'Mam kiest dus echt voor hem,' zegt pap.

'Crazy,' zeg ik.

'Ja, schat,' verzucht papa. 'De liefde…'

'Pap, ik word gek als ik naar Maastricht moet verhuizen. Dave schrok ook heel erg toen ik het vertelde.'

'Aha, dus het is weer goed tussen jullie?'

'Ja,' zeg ik kortaf. Ik wil niet dat Lucas het weet van Laura en Dave. Als hij dan een keer kwaad op me is, gaat hij me ermee pesten.

'Pap, ik wil echt niet naar Maastricht,' zeg ik weer. 'Ik kan Puck niet missen. En Noah en Dave en mijn school en Crazy Ontbijtkoek en Kiki en Pim en Dennis en John. Zelfs die twee gekken uit mijn klas, Max en Nick, kan ik niet missen.'

'En wat wil jij?' vraagt papa aan Lucas.

'Een Big Mac, dat had ik toch al gezegd.'

'Oen.' Ik geef hem een duw. 'Of je naar Maastricht wilt.'

'Ik wil niet bij Geitensok wonen,' zegt Lucas.

'Als het echt moet,' zeg ik, 'als mam me dwingt mee te gaan, dan ch… dan loop ik misschien wel weg. Ik meen het, pap.'

'Misschien hoeven jullie wel niet naar Maastricht,' zegt pap.

'We kunnen toch niet hier blijven?' zeg ik. 'Mam vindt het niet eens goed als ik bij Noah ga wonen.'

'Ik ben er ook nog,' zegt pap.

'Ja hoor, ik ga helemaal naar Japan, nou goed. Dan zie ik mijn vriendinnen en Dave helemaal nooit meer.'

'Luister,' zegt pap. Hij kijkt opeens heel ernstig. 'Ik ben hier niet zomaar. Er is iets verdrietigs gebeurd met de baby in Yahima's buik.'

'Nee!' roep ik.

191

Pap slaat zijn ogen neer. Hij slikt een paar keer. 'Yahima heeft een miskraam gehad.'

'O pap, wat erg!'

'Ja, dat is niet makkelijk,' zegt pap. 'Vooral niet voor Yahima, zij heeft het kindje gedragen. Jullie snappen hoe verdrietig we zijn.'

'Wilde Yahima dan niet mee naar Nederland?'

Pap zucht. 'Beter van niet. Ik denk niet dat ik degene ben die haar kan troosten.' Hij knijpt een servetje in elkaar.

Ik zie dat hij tegen zijn tranen vecht. 'Pap, wat is er?'

Hij schudt vermoeid zijn hoofd. 'Het is een drama, jongens.'

'Wat is een drama?'

'Tussen Yahima en mij. Pfff, wat een ellende. Dit had ik nooit verwacht. Het leek allemaal zo mooi. Ik was zo verliefd op haar. Maar ineens was het over. Het ging gewoon niet meer tussen ons. Wat had ik een heimwee naar jullie. Als de baby er was gekomen, had ik me eroverheen gezet. Dan moest het wel. Dan hadden Yahima en ik er alles aan gedaan om onze relatie goed te krijgen. Maar dat is nu anders. Nou ja, ik ga jullie er niet mee lastigvallen. Ik wil het er nu niet over hebben. Het is nog zo vers.' Hij snuit zijn neus.

'En nu, pap, wat moet je nu?'

Pap pakt mijn hand. 'Ik kom weer hier wonen. Yahima en ik hebben er lang over gepraat en we vinden het alle twee de beste oplossing. Yahima blijft in Tokio.'

Ik denk aan het baby'tje dat er niet meer is. Wat erg voor pap en Yahima.

'Maar dan moet je bij ons in Maastricht komen wonen, pap,' zegt Lucas.

'Nee, jongens, Maastricht is niks voor mij. Ik heb heel andere plannen.'

Shit! Waar wil pap nu weer helemaal naartoe?

'Ik blijf hier,' zegt pap. 'Mijn oude atelier komt weer vrij. Ik ga het met mam bespreken. Als zij echt naar Maastricht gaat, vraag ik of jullie dan bij mij mogen wonen.'

17

HARTSVRIENDIN * Britts blog   ∧ ✕

Dat heb ik weer!

Big party!!!!
Ik hoef niet meer naar Maastricht! Pap komt weer in Nederland wonen. Hij heeft met mam gepraat. Als zij met Geitensok meegaat, mogen wij bij pap blijven. We hoeven niet eens te verhuizen. Dan komt pap hier wonen. In ons huis. Ik ben zo blij! Weet je wat maf is? Mam weet nu opeens niet meer zeker of ze wel weg wil. Dan zit ze daar alleen met Geitensok. Pap en mam doen wel heel aardig tegen elkaar. Wie weet komt het nog goed tussen ze. Dat zou ik wel heel fijn vinden!
En ik hoor net dat Marius Gottlieb meedoet met ons filmpje voor YouTube!
Super h@ppy Britt

Als je mocht kiezen, bij wie zou je dan gaan wonen?

♡ Met zijn allen, onze hele familie bij elkaar! ☺

♣ Ik blijf bij mijn moeder!

♢ Ik ga bij mijn vader wonen.

♠ Ik ben liever bij mijn BF thuis dan bij mijn eigen ouders. Ik hoop dat ik bij hen mag blijven!

☆ Dan zoek ik mijn eigen huisje en ga op mezelf wonen…

Uitslag

♡ Super! Ik denk dat iedereen dat het liefste wil. Gezellig met je vader, moeder, broers en zussen.

♣ Jij bent een mama's kindje. Voel je je bij haar het fijnste of is het een praktische keuze, omdat ze dichter bij school en je BF's woont?

♢ Jouw papa is vast super cool! Of is hij gewoon minder streng dan je moeder?

♠ Is het niet gezellig bij jou thuis? Voordat je vraagt of je bij je BF mag intrekken, kun je misschien nog eens met je eigen ouders proberen te gaan praten. Probeer ze uit te leggen waarom je het thuis zo stom vindt!

☆ Een goede oplossing, maar wel ongezellig. En een big verantwoordelijkheid! Je kunt later nog lang genoeg op jezelf wonen…

Geplaatst door: Britt | Reacties (1)

Reactie van Kelly
Hi Britt,
Gefeliciteerd! Het leek me zo erg voor je. En nou heb je je vader ook nog eens terug! Dan kom je wel over Dave heen. O ja, en great dat Marius Gottlieb meedoet!
Liefs, Kel

Nee, het is weer aan met Dave! Hij heeft MEGA spijt van zijn actie. We zijn weer zóóóó in luv!
x Britt

Geplaatst door: Britt I Reacties (1)

Reactie van Reinoud
Top voor je, Britt. Geweldig van je vader. By the way, waarom weten wij dat nu pas, van Dave en jou?
Reinoud

Sorry, ik was bang dat jullie me voor gek zouden verklaren. I love him so much. 1000x excuses!
Britt

Geplaatst door: Britt I Reacties (2)

Reactie van Tamara
Hoe kun je dat nou van ons denken, Britt? We zijn toch friends. Tuurlijk begrijpen we je!
x Tamara

Reactie van Sara
Ik snap het wel, iedereen heeft altijd zijn mening klaar. Fijn voor je, Britt. Maar what about Laura?
Sara

Laura zie ik binnenkort weer. En ze mag gewoon onze film maken. Goed van me, hè?
Britt

Geplaatst door: Britt I Reacties (1)

Reactie van Jasper

Ik snap wel waarom je niks durfde te zeggen tegen ons. Je schaamt je voor mij, Britt. Omdat je zelf ook wel weet dat ik de enige boy ben van wie je houdt. Je durft het nog niet aan, omdat je weet dat wij echt voor elkaar bestemd zijn. Je bent bang dat het dan zo serieus wordt. Ik wacht nog wel even tot je zover bent. Rommel nog maar een poosje aan met dat misselijke playertje van je.
Je enige echte lover,
Jasper

http://www.dathebikweer.com

Hij moet ophouden, want ik word crazy van die loser. Laten gaan, zeg ik steeds tegen mezelf. Britt, kalm blijven. Ik maak maar een testje.

HARTSVRIENDIN * Britts blog

Dat heb ik weer!

Hoe kom ik van Jaspertje af?

♡ Blijven negeren! Net zo lang tot hij er genoeg van krijgt…

♣ Boos worden! Steeds weer!

♢ Maak een blind date met hem en stuur de stomste tuttebel uit je klas ernaartoe…

♠ Terugstalken! Zeg hem dat je vuile roddels over hem zult verspreiden op zijn school, als hij je lastig blijft vallen.

☆ De hulp inroepen van Carry Slee…

197

Uitslag

♡ Vet moeilijk, maar uiteindelijk zal hij er wel een keer genoeg van krijgen, als je EGT niet meer reageert...

♣ Misschien schrik je hem wel af door kwaad te worden, maar het is voor jezelf ook vervelend om je steeds zo opgefokt te voelen. ☹

◇ Haha. Hij zal wel verbaasd zitten te kijken! Misschien krijgen ze wel verkering. Hopelijk voor jou blijkt Jasper dan geen mega cutie te zijn...

♣ Je kunt ermee dreigen. Misschien laat hij je dan met rust. Maar pas op dat je geen stille oorlog begint, want dan zit je straks nog veel meer in de ellende!

☆ De beste oplossing! Naar haar MOET hij wel luisteren... ☺

Geplaatst door: Britt | Reacties (5)

Reactie van Kelly
Jasper, je bent knetter, rot toch eens op!
Kelly

Reactie van Sara
Wegwezen met je zieke kop.
Sara

Reactie van Reinoud
Kappen, Jasper. Moven!
Reinoud

Reactie van Jasper
Jullie snappen het niet. Britt houdt van mij. Ze wil niets liever dan bij mij zijn. Daarom heeft ze die weblog, alleen maar om iets van mij te horen. En de film doet ze ook voor mij. Zodat ik trots op haar kan zijn. Tussen Britt en mij is iets heel bijzonders, dat snapt niemand, alleen Britt en ik. Als we trouwen, sturen we jullie allemaal een kaart, en dan vertellen we misschien ons geheim. Het geheim van Jasper en Britt, die voor altijd samen blijven.

Gadver, ik kan wel kotsen van de praatjes van die gast. Wat een engerd. Ik word echt bang. Ik kies zelf voor sterretje. Carry, ben je online? Help me!

Reactie van Carry Slee
Jasper, in het vorige boek heb ik jou gewaarschuwd, weet je nog? Je zou Britt met rust laten. Dat schijn je niet te kunnen. Exit Jasper is het nu. Ik schrijf je eruit.
Carry Slee

VOOR BRITT!
LIEFS VAN
MARIUS!
XXX